눈으로 보는 광고천재 5

킹묵 현대 판타지 소설

초판 1쇄 찍은 날 § 2021년 2월 26일
초판 1쇄 펴낸 날 § 2021년 3월 5일

지은이 § 킹묵
펴낸이 § 서경석

총괄팀장 § 노종아
편집책임 § 박현성
디자인 § 스튜디오 이너스

펴낸곳 § 도서출판 청어람
등록번호 § 제387-1999-000006호
등록일자 § 1999. 5. 31
어람번호 § 제1-3120호

주소 § 경기도 부천시 부일로 483번길 40 서경B/D 3F (우) 14640
전화 § 032-656-4452 팩스 § 032-656-4453
http://www.chungeoram.com
E-mail § chungeorambook@daum.net

ⓒ 킹묵, 2020

ISBN 979-11-04-92318-0 04810
ISBN 979-11-04-92281-7 (세트)

킹묵 현대 판타지 소설

도서출판 청어람

눈으로 보는 5
광고천재

MODERN FANTASTIC STORY

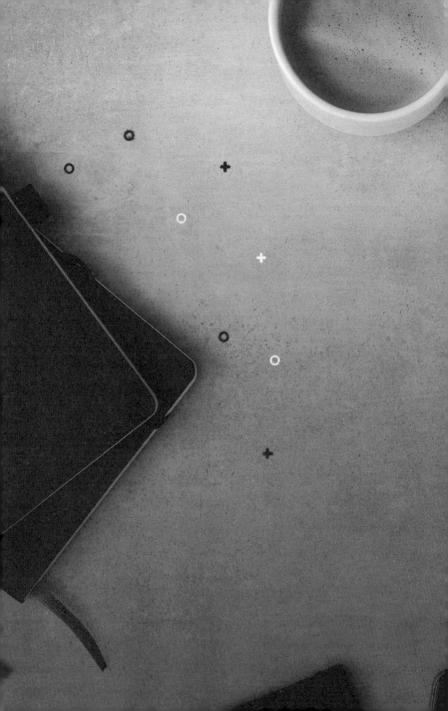

목차

제1장

스페인 분마 II

윤선진의 병문안을 마치고 병원을 나온 한겸은 곧바로 회사로 돌아왔다.

"나 혼자 해도 되는데, 왜 안 가?"
"가도 할 거 없어."
"게임 안 해?"
"오랜만에 했더니 재미도 없고 욕만 더럽게 먹어서 안 해."
"하하, 잘됐네. 그럼 남은 김에 이것 좀 하자."

한겸은 병원에서 생각한 것을 범찬에게 설명했다.

"윤 프로님이 이 편지를 읽을 때마다 글자가 나타나게 하는 거야. 어때?"

"그럼 더빙부터 해야지."

"오늘은 느낌만 확인하려고. 갑자기 튀어나오는 게 아니라 직접 손으로 쓰는 것처럼 획수까지 보이게."

"영상 대신 글자를 움직이게 하는 거네."

"어르신들이 또박또박 한 자, 한 자 말하라고 하는 것처럼 하면 어떨까 생각했어. 생각해 보니까 자막 나오면 저절로 보게 되잖아. 자막 읽느라 채널 돌리지도 않을 것 같고."

범찬은 헛웃음을 뱉으며 말을 이었다.

"아무튼 꼼수 하나는 기가 막혀. 아무튼 그렇게 하려면 미디어 프로그램 써야겠네. 맨날 포토샵만 만져서 잘될지 모르겠다."

범찬은 컴퓨터를 커더니 곧바로 작업을 시작했다. 각 기관마다 윤선진이 만든 포스터를 걸기 위해 이미 그래픽으로 작업해 놓은 상태였기에, 범찬의 우려와 달리 작업은 오래 걸리지 않았다.

"다 됐어. 확인해 보자."

한겸은 모니터에 얼굴을 가까이 댔다. 모니터에는 한겸이 원한 대로 글씨를 적듯 선들이 이어지며 글자를 만들고 있었다. 모니터를 보던 한겸은 만족한 듯 씨익 웃으며 입을 열었다.

"윤 프로님 목소리하고 속도만 맞추면 되겠다. 한 13, 14초 나오겠는데?"

"다른 건 만질 필요 없어?"

"어. 이대로만 하면 될 거 같아. 1차 컨펌 하고 괜찮다고 하면 방 PD님한테 연락해서 더빙 스케줄만 잡으면 되겠다. 그럼 시간도 안 꼬이고 딱 됐네."

한겸은 만족스러운 상황에 미소를 지으며 방 PD에게 연락을 했다. 그런데 전화를 받은 방 PD의 목소리가 심상치 않았다.

—너도 얘기 들었어?

"네?"

—박재진 말이야.

"박재진 씨요? 박재진 씨가 왜요?"

—박재진, 스페인에서 싸웠대! 식당에서!

한겸의 얼굴이 순간 일그러졌다. 만약 박재진에게 문제가 생긴다면 광고 자체를 아예 새로 촬영해야 했다. 얼굴이 보이는 것은 아니니 지금 촬영한 광고도 사용할 수는 있겠지만, 나중에 밝혀질 때가 문제였다. 분트 본사에서도 반기는 일은 아닐 것이었다. 하지만 모델을 아예 새로 뽑게 되면, 색이 보이는 모델을 찾는 것부터 시작해 다시 스페인까지 촬영을 가야 하는 일이 생길 게 뻔했다.

한겸은 이마를 부여잡고 침착하려 애썼다. 자신이 보던 박재진이라면 그럴 사람이 아니었다. 한겸은 숨을 가다듬고 입을 열었다.

"어떻게 아셨어요?"
—뒷부분 대사 더빙하려고 연락했는데 내일 온대잖아. 라온에서 자기네들이 잘 해결한다고 걱정 말라고 하긴 했는데 어떻게 돌아가는 건지 잘 모르겠다.
"후……."
—모르고 전화한 거야?

한겸은 숨을 크게 들이마시고는 곧바로 입을 열었다.

"네. 일단 저희 윤 프로님 포스터로 TV 광고 제작하거든요. 더빙해야 해서 연락한 거예요."
—그래? 대단하네.
"일단 제가 라온에 연락해 보고 다시 연락드릴게요."
—그래, 알았어.

통화를 마치자 옆에 있던 범찬이 의아한 표정으로 물었다.

"박재진 씨 사고 쳤어?"
"몰라, 일단 전화해 봐야지."
"어쩐지 이상하게 일이 술술 풀리더라. 이럴 때 문제 일어나면 엄청 큰 거 알지? 운수 좋은 날에서도 나오잖아."

한겸도 느끼던 부분이었다. 제작에 너무 어려움이 없어 이상함을 느낄 정도로 일이 잘 풀리던 차였다. 한겸은 애써 침착함을 유지한 뒤 박재진에게 전화를 걸었다. 하지만 연락이 닿지 않았기에 곧바로 라온의 이종락에게 전화를 걸었다.

—네! 김 프로님!

"박재진 씨 어떻게 되신 거예요?"

—아, 저희도 알아보고 있습니다. 큰 문제는 없을 거예요.

"알아보고 있는데 큰 문제가 없다는 건 어떻게 아세요. 박재진 씨 연락이 안 되는데 무슨 일 있는 건가요?"

—지금 아침이라서 그럴 거예요. 어제 늦게까지 경찰서에 있었거든요.

"경찰서요? 스페인 경찰서요?"

—네, 대사관에서 도와줘서, 잘 해결될 겁니다. 걱정하게 해드려서 죄송합니다.

"그럼 저희한테 먼저 연락을 해주셨어야죠."

—그게 연휴라서… 끝나고 말씀드리려고 했습니다. 죄송합니다.

이종락의 목소리를 들어보니 그렇게 큰 문제는 아닌 것 같았다.

"어떤 일인데요?"

—저도 일단 전해 듣기만 해서, 그거라도 말씀드릴게요. 재진이 형하고 스태프들이 한국으로 오기 전에 마드리드에 있는 레

스토랑에 갔나 봐요. 거기에 다른 한국 여행객들도 갔던 모양이고요. 그런데 인종차별 비슷한 게 있었나 봐요.

"인종차별이요?"

ㅡ재진이 형이 당한 건 아닌데, 그 여행객들이 당했나 보더라고요. 음식을 주문했는데 안 나오더래요.

한겸은 고개를 갸웃거렸다. 스페인에 있는 동안 중국인으로 오해하고 중국 인사를 건넨 사람들은 있었지만, 특별히 인종차별을 당한 경험은 없었다.

ㅡ거기가 Y튜브에도 나왔던 곳이래요. 동양인들 무시하는 곳이라고 하더라고요.

"그런 곳을 왜 갔어요?"

ㅡ재진이 형은 모르고 갔고요. 그 여행객들은 아시잖아요, 유명해지면 괜히 찾아가 보고 그런 거.

"흠. 여행객들이 예의에 어긋나는 행동한 거 아니에요? 재촉하고 그런 거요. 스페인에서 그런 거 싫어한다고 했거든요."

ㅡ아니었대요. 재진이 형은 여행객들이 한국 사람인 거 알고 혹시 자기 알아볼까 봐 그쪽에 계속 신경 썼다고 하더라고요. 그래서 계속 본 거나 마찬가진데, 그쪽 잘못은 아무것도 없었대요. 그런데도 30분 넘게 주문한 음식도 안 주더래요.

"그래서 박재진 씨가 나선 거예요?"

ㅡ네… 좀 참지, 에휴. 그래서 실랑이가 좀 있었나 보더라고요.

한겸은 어이가 없어 자신도 모르게 웃음이 나왔다. 그렇게 연기에 열중하더니 자신이 정말 분마라고 생각한 모양이었다. 그렇다고 같은 나라 사람을 돕기 위해서 나선 것을 지적하고 싶진 않았다.

"그럼 무슨 일 있으면 바로 연락 주세요."
─네, 쉬시는데 죄송합니다. 그럼 바로 연락드리겠습니다.

이종락과 통화를 마친 한겸은 크게 숨을 뱉었다. 그러자 옆에 있던 범찬이 어떻게 된 일이냐고 물었고, 한겸은 이종락에게 들은 얘기를 그대로 해주었다.

"자기가 영웅이야? 만약에 문제 생겨서 분트가 우리한테 고소하면 어쩌려고 그래. 그럼 우리도 박재진 고소해야 되잖아."
"그래도 도와주려고 한 거니까 나쁘게 볼 건 아니야."
"참, 대단해. 왜 내 주변에는 죄다 영웅 기질이 있는 사람밖에 없어. 우리 아버지도 그렇고 너도 그렇고, 이제는 박재진까지 그러네."
"내가 왜?"
"너, 막 윤 프로님 도와주고 그러잖아."

한겸은 피식 웃으며 고개를 돌렸다. 그러고는 이종락이 말한 레스토랑이 혹시나 Y튜브에 있을까 싶어 검색하기 시작했다. 그리고 몇 가지 내용을 찾았다. 한국인 남성이 레스토랑에서 주문한 음식을 받지 못한 내용이었다. 그 영상을 함께 보던 범찬이

버럭 화를 냈다.

"와, 저런 곳을 뭐 하러 간 거야. 진짜 이해 안 되네. 그래도 내가 저거 당했으면 열받아 죽었을 거 같긴 하다."

"그러게."

"한국에 있었으면 불매운동 들어가고 난리도 아닐 건데! 때가 어느 때인데 인종차별을 해."

영상을 봐도 화가 나는데 실제로 상황을 목격한 박재진이 화를 낸 것도 어느 정도 이해되었다. 잘못도 레스토랑 측에 있으니 큰 문제는 없어 보였다. 그때, 갑자기 우범에게서 연락이 왔다.

―박재진 기사, 이거 어떻게 된 일이냐.

"기사요?"

―몰라? 그럼 기사 한번 찾아봐. 나 지금 회사로 가는 중이다.

전화를 끊은 한겸은 서둘러 컴퓨터 앞으로 자리했다. 방금 전 이종락과 통화할 때까지만 하더라도 아무런 일도 없었다. 분명히 잘 해결한다고 했기에 마음을 놓고 있었다. 그런데 모니터에 나온 기사에는 잘 해결이 안 된 것처럼 보였다. 옆에 있던 범찬도 의아한 표정으로 입을 열었다.

"이게 뭐야?"

"경찰서에서 나오는 거."

"이게 어떻게 찍혔어?"

"스페인에서 기사로 나온 거 옮겨 온 거야."

기사 내용은 어이없게도 레스토랑의 입장만 적혀 있었다. 계속된 재촉과 예의 없는 행동에 서비스를 거부했고 그로 인해 생겨난 일이라는 내용이었다. 그리고 박재진이 이상한 스페인어로 자신들을 협박했다는 내용까지 담겨 있었다. 아직 확인이 안 된 기사 내용이어서인지 한국 기자의 취재 내용은 전혀 없었다.

"왜 박재진 입장은 없지?"

"인터뷰를 못 했겠지."

"그냥 한국의 가수라네. 그런데 무슨 스페인 말을 했다는 거야. 하나도 할 줄… 혹시 분마 대사 한 거 아니야?"

"흠."

한겸도 비슷한 생각이 들었다. 서둘러 확인할 필요가 있었기에 한겸은 다시 박재진에게 연락을 취했고, 드디어 연락이 닿았다.

―아, 김 프로님.

"기사 봤어요. 무슨 일이에요?"

―그게…….

박재진의 입에서 나온 말은 이종락의 말과 비슷했다. 박재진의 입장에서 본다면 분명 억울한 일이었다.

"그럼 혹시 분마 대사 스페인어로 했어요?"

—아… 계속 소리치면서 밀치더라고요. 그래서 저도 모르게 한마디 나온 것 같습니다.

"하…….."

한겸은 한숨을 내쉬었다. 처음 미팅 당시 분트에서는 동양인 모델에 대한 걱정을 비쳤다. 하지만 '분트는 하나'라는 슬로건을 내세운 덕분에 박재진이 모델로 발탁되었다. 정체는 차후 분트가 입점한 나라에서 광고가 나온 뒤 밝히기로 되어 있었다. 지금 정체가 밝혀지는 건 너무 일렀다. 각 나라마다 분마가 알려진 다음에 '분트는 하나, 분마도 하나'를 내세워 분마의 정체를 공개해야지 사람들도 어느 정도 이해하고 받아들여 동양인 모델에 대한 반발이 줄어들 것이었다. 미리 공개해 놓고 들어간다면 거부감이 생길 수 있었다. 그런데 박재진은 사람들이 알아차릴 수 있는 빌미를 주었다.

박재진이 현장에서 무슨 말을 했는지 기사에 나오는 즉시 사람들이 알아차릴 것이었다. 일단 스페인에서는 아직 광고가 나오지 않았기에 알아차릴 가능성이 적었다. 오히려 한국 사람들이 걱정이었다. 특유의 집요함 때문에 지금까지도 분마의 정체에 대한 추측이 난무하고 있었다. 그러니 다음 분마 광고가 스페인인데 박재진이 스페인에 있었다는 점, 분마의 대사를 박재진이 했다는 점만으로도 충분히 박재진이 분마라고 유추할 수 있을 것 같았다.

그리고 지금 박재진이 모델로 나오는 분트의 광고도 문제였다. 여름이 끝나 잠시 광고를 쉬는 상태였지만, 조금 있으면 다시 겨울 광고가 나올 것이었다. 그러니 박재진의 이미지에 문제가 생기면 안 됐다. 물론 박재진의 잘못이 아니라면 곧 제대로 밝혀질 일이긴 했다. 하지만 이 일이 빠르게 시들해진다면, 대중들은 해명보다 사건이 있었다는 사실만 기억할 것이다.

한겸은 어떻게 해야 하나 잠시 고민에 빠졌다. 그때, 전화 너머로 박재진이 입을 열었다.

-저 때문에 문제 생긴다면 제가 다 보상하겠습니다.
"그런 문제가 아니에요."
-김 프로님, 죄송합니다.

박재진의 사과에 한겸은 오히려 마음이 편해졌다. 자신이 본 박재진은 이런 사람이었다. 짧은 광고의 배역을 맡을 때도 책임감 있게 행동했다. 그러다 보니 걱정은 되지만, 박재진이 사과할 일은 아니라고 생각했다.

"아니에요. 저 같아도 화났을 거 같아요."
-좀 참았어야 했는데. 그런데 알고 보니까 한국 사람만이 아니라 동양인들 오면 꼭 저러더라고요. 저희는 현지인 가이드가 있어서 전혀 모르고 있었어요.
"그렇게 많나요?"
-Y튜브에도 꽤 많아요. 축구 보러 왔다가 그런 일 겪은 사람

도 많더라고요. 라리가 하면 전 세계에서 유명하니까 많은 사람들이 왔겠죠.

그 말을 들은 한겸은 통화 중임에도 잠시 생각에 잠겼다. 그리고 잠시 뒤, 한겸이 씨익 웃으며 입을 열었다.

"이번 일, 크게 문제 삼죠."

                    *   *   *

라온의 이종락은 갑자기 만나자는 한겸의 연락을 받고 서둘러 C AD에 도착했다. 아무리 박재진의 잘못이 아니라고 해도 문제가 생긴 건 사실이었기에 이종락은 미안한 표정으로 사무실 문을 열었다.

"오셨어요."
"아, 네. 안녕하세요. 추석인데 저희 때문에 죄송합니다."
"아니에요. 이리 앉으세요. 저희 대표님도 지금 막 오셔서 같이 얘기 들으시면 될 거 같아요."

이종락은 의자에 앉으며 어색한 표정으로 우범에게 인사를 건넸다. 우범 역시 자신과 마찬가지로 무척 걱정하는 표정이었다. 그런데도 한겸은 무척 기대된다는 표정으로 웃고 있었다.

"일단 박재진 씨한테는 얘기했어요. 그래도 제가 직접 말씀드리는 게 나을 거 같아서요."

이미 한겸에게서 얘기를 들은 범찬과 계획을 짠 당사자인 한겸은 서로를 보며 씨익 웃었다.

"라온에서 아무런 대응도 하지 않으면 기사들이 많이 나올까요?"

"그럼요. 이때다 싶어서 물어뜯겠죠. 이름 좀 있는 연예인 기사는 언제나 돈이 되니까요."

"그럼 일이 커지겠죠?"

"그렇겠죠? 해외에서 일이 생기면 일단 안 좋게 보는 건 사실이니까요. 게다가 우리나라 사람들은 그런 거 못 참거든요. 우리가 해명하기 전까지는 프로그램에서 하차하라고 할 게 뻔하죠."

"그럼 대응하지 말죠."

"네? 그럼 일이 커진다니까요? 남 잘되는 꼴 못 보는 사람들이 얼마나 많은데요. 우리 벌써 보도 자료도 다 준비했어요."

"그러니까 키우자고요. 어차피 박재진 씨 잘못 없잖아요. 그리고 일이 소리 소문 없이 해결되면 그게 더 문제 되지 않아요? 사람들이 박재진이 스페인 경찰서에 다녀왔다만 기억하게 되잖아요."

"그렇죠."

"시끄러워지면 뉴스에도 나오겠죠? 해외에서 난동을 부린 연예인. 명절이라서 생각보다 많은 사람들 입에서 오르내리겠죠. 그런데 알고 보니 인종차별을 당하는 사람을 위해서 나섰다. 멋지죠?"

"그건 지금도 가능하잖아요."

한겸은 미소를 짓고는 말을 이었다.

"멀리 봐야죠. 분마로 해외 진출을 하는데 아무리 인종차별이 없어졌다고 해도 이번 일 같은 경우가 있을 거예요. 그걸 줄이는 방법이에요."
"어떻게요?"
"인종차별과 함께 레스토랑의 잘못된 서비스를 지적하는 거예요. 고객을 대하는 서비스업에서 잘못된 점을 보고 참을 수 없었다. 이런 느낌이요. 저렇게 고객을 생각하는 사람이 분마였다면 분트에 대한 신뢰가 생기지 않을까요? 박재진 씨가 현재 분트의 얼굴이니까요."
"오……."
"그러려면 일단 문제를 크게 만들어야 해요. 그리고 라온에서는 이 사람들하고 연락해 두세요."

한겸은 미리 준비해 둔 종이를 건넸다. 그러자 종이를 받은 이종락이 고개를 갸웃거렸다.

"크리에이터? 이 사람들은 왜요?"
"Y튜브 채널이 있는 사람 중에 그 레스토랑에서 인종차별을 당했던 사람들이에요. 더 많겠지만, 그건 라온에서 찾으시고 일단 제가 찾은 건 그것뿐이에요."

"그러니까 일을 키우자면서요."

"해결도 해야죠. 어느 정도 커졌다 싶으면 그 사람들이 한 번에 터뜨리는 거예요. 박재진 씨가 도와줬던 사람들 있죠? 그 사람들도 당분간 비밀을 유지해 주고 그다음에 터뜨리는 거예요. 혹시 문제가 생길 수 있으니까 이 계획은 얘기하시면 안 되고, 시끄러워지길 원하지 않으니 말하지 말아달라 이런 식으로 부탁하는 거죠."

"그럼… 우리가 해명하지 않아도 해결이 되겠네요."

"그럼요. 해명 대신 박재진 씨가 스페인에서 했던 말을 기사로 내보내는 거예요. 물론 보도 자료처럼 라온에서 주는 게 아니라, 기자들이 알게끔 흘려야죠."

이종락은 멍한 표정으로 한겸을 쳐다봤고, 우범은 어이없다는 듯 피식 웃었다.

"정말 볼수록 대표님 같군."

한겸은 가볍게 웃고는 말을 이었다.

"그리고 그 뒤에 어쩔 수 없다는 식으로 인터뷰를 하는 거예요. 물론 박재진 씨가 분마라는 걸 알아차리는 사람들이 생기겠지만, 박재진 씨는 입을 다물어야 해요. 그래도 문제는 없을 거예요."

"계속 확인하려고 하지 않을까요?"

"그때 되면 다들 박재진 씨라고 알고 있을 거예요. 이미 앞에서 박재진 씨가 입이 무겁다는 걸 보여줬기 때문에 사람들은 이해해 줄 거예요. 그러면 박재진 씨한테 향해 있던 화살이 그 레스토랑에 갈 테고, 레스토랑은 벌을 받는 거죠. 그리고 박재진 씨는 자연스럽게 분마로 등장."

이종락은 자신도 모르게 박수를 보냈다. 처음부터 끝까지 자신이 한 일이라고는 듣는 것밖에 없었다. 한겸이 말한 그대로 진행을 해도 문제가 될 것 같지 않았다. 계획을 수정한다면 오히려 문제가 생길 것 같았다.

"대단하시네요. 이걸 이 짧은 시간 동안에 생각하신 건가요? 우리 재진이 형을 위해서?"
"박재진 씨만을 위한 건 아니에요. 박재진 씨의 이미지가 좋아야지 저희가 맡은 분트의 이미지도 좋아지니까요. 그럼 광고 효과가 올라갈 테고, 그럼 우리 C AD를 더 많이 찾아주겠죠."
"와, 계획이 그냥 아주… 정말 존경스럽네요."

한겸은 자신보다 나이가 배는 되어 보이는 사람의 인사에 어색한 웃음을 지었다. 그러자 옆에 있던 범찬이 피식 웃었다.

"진짜 넌 광고 안 만들었으면 큰일 났겠다."
"왜?"
"내가 봤을 때 너 다단계 하고 있었을 거 같아. 봐, 사람들 혹하게 하는 건 짱이잖아."

"하하, 설마."

한겸은 웃으며 주변을 둘러봤다. 그러자 범찬의 말에 고개를 끄덕이는 종락과 우범이 보였다.

*   *   *

다음 날. 공항에 도착한 박재진은 무척이나 떨리는 마음으로 게이트를 향해 걸음을 옮겼다. 공항에 기자들이 나와 있을 테고, 어떤 질문을 할지 전부 예상되었다. 게이트에 도착한 박재진은 숨을 정리한 뒤 걸음을 옮겼다.

"박재진 씨! 박재진 씨!"
"스페인 식당에서 난동을 부렸다는 게 사실입니까?"
"스페인은 왜 가신 겁니까?"
"정말 난동을 부린 겁니까? 그렇다면 왜 그런 건지 말씀 부탁드립니다."

이미 한겸과 종락에게 이럴 거라고 얘기를 들었음에도 막상 기자들이 마이크를 들이밀자 걱정이 됐다. 그럼에도 한겸을 믿었기에 박재진은 입을 다물고 서둘러 걸음을 옮겼다. 한겸이 했던 말 중에 틀린 말은 한 번도 없었다. 오히려 같은 소속사 직원보다 더 믿음이 가는 사람이었다.

서둘러 걸음을 옮기던 중 공항에 있던 사람들이 보였다. 자신을 알아본 사람들은 전부 손가락질을 하며 숙덕거렸다. 그 모습을 보던 박재진은 저 사람들이 사실을 알고 나서 어떤 반응을 보일지 상상했다. 그러자 자신도 모르게 피식 웃음이 나왔다.

"지금 웃으신 겁니까? 왜 웃으시는 거죠? 한 말씀 해주시죠."
"박재진 씨!"

박재진은 얼굴을 가리기 위해 모자를 깊이 눌러썼다. 자신을 둘러싸고 이동하는 기자들 때문에 걸음이 좀처럼 나아가질 않았다. 겨우겨우 기자들을 뚫고 밖으로 나온 박재진은 곧바로 차에 올라탔다. 그리고 공항을 한참이나 나와서야 모자를 벗었다. 박재진은 그제야 의자에 등을 기대고 숨을 돌렸다.

"어우, 이러니까 무슨 아이돌 된 거 같네."
"형님 인기 스타십니다."
"용진 씨는 이상한 소리 하지나 마. 내가 죄인이야? 왜 옷으로 날 덮어, 덮기는!"
"이상했습니까? 제 나름대로 내추럴하게 하려고 그런 건데."

박재진이 피식 웃고는 창밖을 볼 때, 갑자기 전화가 울렸다.

"어, 나 지금 한국에 도착했어."
—알아. 지금 기사 올라오고 있어.
"벌써?"

―어, 그런데 왜 웃었어?

"어? 아! 그거 그냥 웃은 건데."

―진짜 좀 참지. 내가 장담하는데 그걸로 짤 돈다. 어휴, 그것 까지는 못 막아. 알지?

"이상해?"

―직접 봐. 그리고 회사로 오지 말고 집에 있어. 다음 주 크레 파스 녹화도 대타가 맡을 거니까 당분간 푹 쉬어. 고생했어.

박재진은 피식 웃고선 곧바로 인터넷 창을 열었다. 평소라면 자신의 이름을 검색해야 겨우 나올 텐데 지금은 포털사이트 가장 앞에 자신의 얼굴이 있었다. 자신의 얼굴을 보던 박재진은 어이가 없다는 듯 헛웃음을 뱉었다. 그때, 뒤에 함께 타고 있던 스태프들 중 한 명이 큭큭거리는 소리가 들렸다.

"웃지 마라."

"죄송해요, 큭큭."

"열받네. 침묵 속 미소, 난동 하면 박재진이지? 뭐 기사를 이 렇게 빨리 써!"

"그러니까 왜 웃었어요. 이거 꼭 나쁜 놈이 사람들 몰래 웃는 거 같잖아요. 이것만 보면 누구라도 욕할 거 같은데요."

기사 댓글에는 스태프들의 예상대로 안 좋은 말들이 가득했다.

―다음은 너희 차례라고 하는 박재진.

—깽판 예고ㅋㅋ
—땅콩 이후로 최고다.

박재진은 댓글을 보며 헛웃음을 뱉었다. 그때, 한겸에게서 메시지가 도착했다.

[연기 정말 대단하세요. 사람들이 엄청 싫어하는데요. 내일 더빙 잘하시고요.]

박재진은 한숨을 쉬며 메시지를 보내려다 말고 휴대폰을 집어넣었다.

"아오, 이러니까 진짜 나쁜 놈 같잖아."

                    *   *   *

며칠 뒤. 명절 연휴가 끝나고 출근한 한겸은 박재진의 기사를 보며 웃고 있었다. 그 모습을 보는 수정과 종훈은 기가 막힌다는 표정이었다.

"아빠한테 듣고 별일 아니겠지 싶었는데 기사 보고 얼마나 놀랐는지 알아?"
"나도. 갑자기 기사 보고 진짜 놀라서 기절하는 줄 알았어."

한겸은 피식 웃었다. 박재진의 기사가 나오자마자 가장 먼저 연락한 사람들은 팀원들이었다. 분트의 마케팅 팀 김 팀장보다 더 먼저 연락이 왔고, 다들 곧바로 쉬지도 않고 회사로 나왔다. 출근을 해서야 이유를 들은 팀원들은 그제야 안심을 했다.

한겸은 그런 팀원들을 보며 피식 웃고는 다른 기사를 찾아보기 시작했다. 어제 박재진에 대한 소식이 뉴스에까지 나왔으니, 오늘은 분마의 대사가 나올 차례였다.

한참을 뒤적거리고 있을 때, 기다리던 기사들이 올라오기 시작했다. 한겸은 그중 제목에서부터 분마를 언급한 기사를 클릭했다.

「박재진? 분마? 스페인으로 향한 진짜 이유는」

…취재 결과, 박재진이 레스토랑 직원에게 했던 말이 A마트의 캐릭터로 알려진 '분마'의 대사와 똑같았다.

Si tengo vivir por ellos, lo haré haciendo el mal.

변역하면 '그대들의 한을 풀기 위해서라면 악인으로 살아가리다'. 이는 광고 속 분마의 마지막 대사와 정확히 일치했다. 박재진이 왜 분마의 대사를 뱉었는지 알기 위해 라온 엔터테인먼트 측에 문의를 했지만, 라온 엔터테인먼트는 여전히 침묵으로 일관하고 있다.

기사를 본 한겸은 무척 만족스러운 표정으로 웃었다.

"기자들 진짜 빠르다. 진짜 스페인 간 건가?"

"에이, 설마. 라온에서 뿌렸겠지."

"그런가? 대단하네."

이유야 어찌 됐든 생각한 대로 일이 흘러가고 있었다. 그때, 우범이 사무실 문을 열고 들어왔다.

"흠."

"왜 그러세요?"

"창밖에 한번 봐."

팀원들 중 창가에 가장 가까운 자리에 있던 종훈이 고개를 갸웃거리며 창밖을 쳐다봤다. 그러고는 명한 표정으로 고개를 돌렸다.

"왜요?"

"밖에 사람들 엄청 많은데……?"

한겸은 고개를 갸웃거리며 창가로 향했다. 밖을 보자 종훈의 말처럼 회사 바로 앞에 사람들이 가득했고, 도로에는 방송국 차들도 주차되어 있었다. 광고 회사로 이렇게 많은 취재진이 들이닥치는 일은 한겸도 예상하지 못했다. 오더라도 분트로 갈 거라고 생각했는데 지금 일은 예상 밖이었다.

어느새 옆으로 온 팀원들 역시 전부 비슷한 표정을 지었다.

그때, 뒤에 있던 우범이 헛웃음을 뱉으며 말했다.

"이것도 다 예상했겠지? 그럼 말을 해줘야지. 지금 업무 마비 될 정도다."

그 말을 들은 팀원들은 동시에 한겸을 쳐다봤고, 한겸은 부담스러운 시선에 어색한 미소를 지었다. 그 모습을 보던 우범이 다시 한숨을 뱉으며 말을 이었다.

"지금은 정신없겠지만, 분마를 만든 곳이 우리라고 소문났으니 도움이 되겠지. 보통 광고 회사가 부각되는 일은 없어서 이럴 거라고 생각을 못 했다. 그러니까 다음부터는 꼭 미리 말을 해라. 그래야 대비할 수 있지."

한겸은 목뒤를 쓰다듬으며 고개를 끄덕거렸다.

*   *   *

며칠 동안 박재진의 기사가 끊이질 않았다. 지상파나 종편 TV 뉴스는 스페인에 취재를 가서 사건의 본질을 파헤치고 있었지만, 인터넷뉴스만큼은 달랐다. 대중들의 관심사만 노리며 기사를 쏟아냈다. 덕분에 사람들은 분마에까지 관심을 보였고, 그로 인해 분트의 인지도까지 올라가고 있었다. 그리고 끝까지 정체를 밝히지 않은 덕에 분마를 제작한 C AD의 이름도 계속 언급되었다.

"분마 광고 제작 회사 C AD 역시 침묵으로 일관하다. 또 기사 나왔다. 크크, 우리 아빠가 뭐라는 줄 알아?"
"뭐라시는데?"
"이렇게 유명한 회사 다니는 줄 알았으면 진즉에 잘해줄 걸 그 랬대. 푸하하, 강원도에 올 생각하지 말고 큰일 하래."

계속 C AD의 이름이 나온 덕택에 추석부터 내보냈던 팀원들의 라디오 광고까지 조명받게 되었다. 팀원들은 자신들이 만든 광고를 사람들이 재미있어하자 상당히 들뜬 상태였다. 특히 앞장서서 제작에 참여했던 수정은 연신 사람들의 반응을 살폈다.

"우리 광고 인기 좋네. DJ들도 재미있다고 언급해 주고 있어."
"이름을 괜히 최나방으로 했나 봐. 자꾸 최나방 씨 힘내라고 그러잖아."
"뭐 어때요. 사람들한테 각인되는 캐릭터 생기고 좋죠."
"그렇긴 하지. 진짜 며칠 동안 반응 없어서 약간 소심했었는데."
"김한겸 덕분이죠."

그 말을 들은 한겸은 피식 웃었다. 광고 회사인 C AD가 박재진 덕분에 유명해질 거라고는 생각도 하지 못했다. 물론 이슈가 생긴 덕도 있겠지만, 인기를 얻은 데는 광고의 구성이 좋았던 이유가 더 크다고 생각했다. 항간에서는 B급 감성이라고도 했지만,

한겸이 보기에는 유머와 정보를 적절히 조합한, 잘 만든 광고였다. 아마 영상으로 만들면 색이 보이지 않았을까 생각하게 만드는 광고였다.

한겸이 팀원들을 보며 미소 짓고 있을 때, 기다렸던 이종락에게서 전화가 왔다.

―김 프로님! Y튜브에 영상 올라가기 시작했습니다!

"딱 적절하네요. 그 피해자분들은요?"

―여행 마치고 오늘 비행기로 한국에 왔어요. 그분들 때문에 오늘 올리기 시작한 겁니다! 재진이 형이 도와줘서 그런지 흔쾌히 허락해 주셨어요. 인터뷰는 이제 곧 나갈 겁니다.

"잘됐네요."

―네! 지금 인터넷에서 재진이 형 욕하는 거보다 분마가 맞냐, 아니냐로 얘기가 틀어져 버렸어요. 하하, 이제 스페인 분마 광고 올라오면 난리 날 거 같은데요?

신이 난 이종락의 말투에 한겸은 미소를 지었다. 이제 제대로 된 정보를 주면 IT 강국답게 한국 사람들이 알아서 스페인에 홍보를 하게 될 것이었다.

―저희 대표님이 식사 대접하시고 싶다고 그러셨어요, 하하.

"알겠어요. 그럼 반응 보고 내일이나 모레 인터뷰하시면 되겠네요. 늦어도 모레는 하셔야 돼요."

―알죠. 모레부터 분마 광고 나가니까. 하하.

통화를 마친 한겸은 피식 웃고선 Y튜브를 켰다. 그러고는 레스토랑의 이름 Meloso를 검색했다. 그러자 기존에 봤던 영상들을 포함해 새롭게 올라온 영상들이 보였다.

"겸쓰, 영상 올라왔대?"
"응, 올라왔어. 다른 나라들도 확인 좀 해줘."
"이미 우회해서 접속해 놨지."

한겸은 고개를 끄덕이며 영상들을 살폈다. 영상을 올린 사람들 중에는 해외에 거주하고 있는 사람들도 있었다. 한겸은 영상들을 보며 라온이 고생했을 걸 생각하니 저절로 헛웃음이 나왔다.

영상들은 하나같이 Meloso에서 자신들이 당했던 부당함을 지적하고 있었다. 가장 많은 것은 박재진이 봤던 것처럼 서빙을 아예 안 하는 것이었고, 그다음으로는 아예 입장을 거절당했다는 것이었다. 레스토랑이 가득 차 있었다면 모를까 텅텅 비어 있는 상태였다고 밝혔다.

한참이나 영상들을 보고 있을 때, 범찬이 뱉는 한숨 소리가 들렸다.

"왜? 무슨 문제 있어?"
"문제는 아닌데. 여기에서 인종차별 당한 사람들이 엄청 많은데 도대체 왜 안 망한 거지?"
"그렇게 많아?"

"어, 장난 아니야. 수정이가 미국에서 올라오는 영상 보는데. 미국계 동양인들이 올린 영상도 엄청 많아."

그러자 수정이 몸을 살짝 틀어 모니터를 보여주며 입을 열었다.

"오늘 올라온 것만 13개인데? 하루 만에 드러난 숫자만 이 정도인데 앞으로 더 많이 나올 거 같아."
"엄청 많네."
"그러게. 범찬이 말대로 안 망한 게 이상하네. 그래도 이번 일로 망할 거 같긴 해."

안 그래도 영상들에 달린 댓글 중 그런 곳에 가지 말아야 한다는 내용이 상당했다. 너무 많은 숫자에 한겸마저 놀랐다.

"오래된 레스토랑인데 망하는 거보다는 이번 일로 서비스를 개선했으면 좋겠네."
"알지. 괜히 반발심 생겨서 동양인들 더 싫어할 수 있으니까. 그래서 박재진 씨한테 그렇게 말하라고 한 거지?"
"그런 것도 있고, 박재진 씨 이미지도 구축하고. 겸사겸사."

한겸은 피식 웃고는 다시 모니터를 쳐다봤다. 라온에서 얼마나 많은 준비를 했는지 봐도 봐도 끝이 없었다. 한참 동안 영상을 보고 있을 때, 새롭게 올라오는 영상들이 눈에 들어왔다. 빨리빨리를 입에 달고 사는 한국인답게 빠른 반응을 보였다.

"와, 벌써 Meloso에 당했던 사람들 반응 편집해서 올린 사람도 나타났네."

"벌써? 진짜 대단하네."

"웅, 이 정도면 내일 인터뷰하겠네. 그런데 너무 많다."

한겸은 미소를 지으며 다른 영상들을 마저 살폈다. 그리고 잠시 뒤, 이종락이 말했던 내용의 기사가 올라오기 시작했다. 피해자는 20대 여성 두 명이었고, 공항을 배경으로 한 짤막한 영상까지 올라왔다.

―박재진 씨에 대해서 하실 말씀이 있다고 들었습니다.

―여행을 마치고 한국에 와서 깜짝 놀랐어요. 박재진 씨가 왜 사람들에게 손가락질을 받는 건지 이해할 수가 없었어요.

―스페인에서 도움을 받았다고 했는데 정확히 어떤 도움을 받았습니까?

―저희가 식당에서 인종차별을 당했어요. 저희보다 늦게 온 사람들은 디저트까지 먹는데 저희는 자리만 안내하고 음식이 전혀 나오질 않았어요.

―단순히 서빙이 늦어진 걸 인종차별이라고 느끼신 거 아닌가요?

―저희도 처음에는 그럴 거라고 생각했어요. 그런데 음식이 왜 안 나오냐고 종업원에게 물었더니 대뜸 동양인 나가라는 말을 들었어요.

화면은 두 여성의 얼굴이 나오지 않게 상체만 비추고 있었다. 그때, 한 여성이 손이 모으며 입을 열었다.

―진짜 너무 화가 나는데 어떻게 할 수가 없었거든요. 그때, 누가 한국말로 상황을 묻더라고요. 그게 박재진 씨였어요.

―같은 레스토랑이었군요?

―네, 박재진 씨는 일행이 많았고, 스페인 사람도 같이 있어서인지 잘 몰랐나 보더라고요. 그런데도 저희를 위해서 나서주셨어요. 그런데도 스페인 종업원들이 박재진 씨를 막 밀치고 그랬어요.

―그럼 박재진 씨의 잘못이 아니란 말이군요.

―네, 그게 어떻게 박재진 씨의 잘못이에요.

기자는 계속해서 상황에 대해 물었다.

―저희가 취재한 바로는 박재진 씨가 식당에서 난동을 부렸다고 들었는데, 그게 아니었군요.

―그건 저희들이 그렇게 합의를 한 거죠. 경찰서까지 가서 인정하면 봐주겠다고 하더라고요. 우리는 정말 박재진 씨하고 같이 대응하려고 했는데, 박재진 씨가 혼자 있는 게 더 낫다고 마저 여행을 하라고 해서 우리만 나오게 된 거예요. 너무 죄송하고 감사한 분이죠.

―그럼 박재진 씨는 왜 입을 다물고 있었을까요?

―저희는 저희 때문이라고 생각해요. 아무래도 일반인이다 보니까 그런 일에 연루되면 대응이 더 어려울 거라고 생각하신 거

같아요.

　―쉽게 말하면 이 일을 접한 대중들이 두 분이 잘못했을 거라고 더 쉽게 지레짐작할 거다, 이렇게 본 거군요.

　―아무래도 그렇죠. 그런데 한국에 와서 정말 놀랐어요. 박재진 씨가 이렇게 손가락질을 받을 거라고는 생각하지 못했거든요. 이대로 있으면 안 될 것 같아서, 저희가 자청해서 인터뷰까지 하게 됐어요.

　―말씀 잘 들었습니다.

　인터뷰가 끝나고 화면에 기자의 얼굴만 잡혔다. 그런 기자가 클로징 멘트를 했다.

　―해외여행 시 알게 모르게 겪게 되는 인종차별. 같은 동양인으로서 참을 수 없었던 것인지, 아니면 스페인 레스토랑의 입장처럼 난동을 부렸던 것인지, 박재진 씨가 하루빨리 입장을 밝혔으면 하는 바입니다. 선데이 뉴스 이주희 기자입니다.

　기사를 본 한겸은 피식 웃었다. 아마 라온에서 준비한 기자일 텐데도 지금 Y튜브에 올라오고 있는 인종차별에 대해서는 전혀 언급하지 않았다. 사람들이 스스로 의심하고 생각하게 만들었다. 그때, 영상을 함께 보던 종훈이 조심스럽게 입을 열었다.

　"뉴스에도 이런 기사 나오겠지?"
　"나오겠죠."

"또 혹시나 취재 제대로 못 한 걸 숨기려고 그러진 않을까 해서."

"그렇진 않을 거예요. 박재진 씨 대신 욕먹을 사람이 없다면 모를까, 있잖아요. 이제 그쪽으로 화살을 돌리겠죠."

"한겸이 너… 실제로는 레스토랑 망하길 바라는 거지?"

"아니에요, 하하."

한겸은 피식 웃고선 인터넷 창을 닫았다. 망하기보다는 반성하고 뉘우쳐 레스토랑 전체가 변하는 모습이 가장 이상적이었다. 그래야 분마의 영향력이 더 커질 것이었다.

*   *   *

스페인 Meloso는 매장이 시내 중심가였기에 점심부터 손님들이 많아 영업 준비가 한창이었다. 그때, 갑자기 매장 밖에서 시끄러운 소리가 들려왔다.

"무슨 일이지?"

"촬영 왔나 보네요. 여기서 촬영하지 말라고 할까요?"

"내버려 둬. 가뜩이나 한국에서 기자란 놈들 찾아와서 시끄러운데 조용히 있어."

며칠 전 매장에서 다퉜던 사람이 알고 보니 한국의 가수였다. 자신들에게 동양인은 전혀 좋은 인식이 아니었다. 자신들보다 특출한 것도 없는데 어디서나 시끄럽고 매너 없는 그런 인종이라고 생각했다. 물론 아닌 사람들도 있겠지만, 그런 사람들을 더 많이 봤다 보니 인식이 안 좋아질 수밖에 없었다. 때문에 아예 동양인 출입 금지를 하려고 했지만, 평등법에 어긋나 그렇게까지 할 순 없었다.

"꼴 보기 싫어 죽겠네. 후, 왜 저렇게 질긴 거야."

그 일로 인해 한국에서 스페인까지 취재를 온 기자들이 인터뷰 요청을 해왔다. 간단하게 인터뷰를 했음에도 계속해서 취재 요청을 해왔다.

이번 일은 조금 시끄럽게 되었지만, 사장은 큰 걱정이 없었다. 지금까지 그래 왔듯이 스페인 예절에 어긋나는 행동을 해 그에 맞는 대접을 했다는 식으로 둘러대면 그만이었다. 그때, 종업원이 밖을 쳐다보더니 고개를 갸웃거렸다.

"어, RMTV인데요? 우리 가게 앞에서 뭐 찍고 있어요."
"음?"

그때, 갑자기 밖에서 커다란 소리가 들려왔다. 사장은 고개를 갸웃거리며 밖으로 나갔다. 그러자 밖에서 생각지도 못한 일이 일어나고 있었다.

"인종차별 아웃!"
"인종차별 아웃!"

"Meloso Out!"
"Meloso Out!"

동양인이 아닌 백인들이 팻말을 들고 매장 앞에서 항의를 하고 있었다. 당장 내쫓고 싶었지만, 카메라가 있었기에 그럴 순 없었다. 시위하는 사람들은 몇 없었지만 사장을 발견하자 더 크게 외쳤다.

"당신 같은 사람 때문에 스페인 전체가 욕을 먹는다!"
"당신은 마드리드에서 장사할 자격이 없어! 스페인의 수치다!"

갑자기 무슨 일인지 알 수 없었지만, 사장은 애써 표정을 숨기고는 시위대 앞으로 갔다. 그러고는 자신에게 소리를 지르는 사람들에게 입을 열었다.

"오해입니다, 오해."
"오해는 무슨 오해! 당신 레스토랑에서 당한 사람만 백 명이 넘어!"
"Meloso는 마드리드에서 떠나라!"
"인종차별 하는 식당 따위는 마드리드에 필요 없다!"

피해를 당한 동양인들이 아닌 마드리드 시민들이 퇴출 운동을 하고 나섰다. 자신이 무슨 말을 한들 들어줄 것 같지 않았다. 사장은 어떻게 된 상황인지 알아보기 위해 서둘러 매장 안으로 들어갔다. 그때, 안에 있던 종업원들이 휴대폰을 든 채 멍한 표정으로 입을 열었다.

"한국의 가수라던 사람… 엄청 유명한 사람이었나 본데요……?"

*　　　　*　　　　*

Meloso 사장은 무척 당황한 표정으로 종업원에게 물었다.

"그게 무슨 말이야?"
"엄청 유명한가 봐요. 한국에서 시작됐다는데요."
"지가 유명해 봤자 작은 나라에서 유명한 거지."
"지금 Y튜브에 우리 레스토랑 이름 엄청 나오는 중이에요."

또 다른 종업원은 스페인 포털사이트에 올라온 기사를 읽었다.

"마드리드의 레스토랑에서 일어난 인종차별. 세계 최대 동영상 업로드 사이트인 Y튜브에 피해자들이 울분을 토하고 있다."

사장은 당황한 목소리로 소리쳤다.

"마드리드에 우리 가게만 있는 건 아니잖아! 그리고 꼭 우리 가게만 그랬던 것도 아니고!"
"딱 집어서 우리 가게예요. 우리 가게에서 당했다는 사람들이

Y튜브에 증언하고 있어요. 시에서도 진상 조사 들어간다고……."

"아, 빌어먹을…… 당분간 장사 쉬어야겠다."

그때, 갑자기 가게 문을 열고 사람들이 우르르 들어왔다. 가장 앞에 있던 사람이 가게 이곳저곳을 둘러보더니 입을 열었다.

"인종차별금지법 위반으로 조사하겠습니다."

"네? 왜요? 우리가 뭘 했다고. 누가 고소한 겁니까!"

"고소 아니고 조사예요. 시장님이 직접 지시 내린 겁니다."

"시장? 마드리드 시장?"

"네. 저기 CCTV 있네요. 저기도 있고, 불 들어온 거 보면 작동되고. 안 되면 그것도 위반이고요."

"잠깐만요! 잠깐만요! 내 말 좀 들어봐요. 우리만 그런 것도 아니잖아요!"

"네, 전부 조사 들어갑니다. 그러니까 혼자만 당한다고 억울하게 생각하지 마시고요."

"이 동네 전부요?"

"네, 맞습니다. 지금 이 식당 때문에 전 세계가 우리 마드리드를 주목하게 생겼어요. 조사해 보고 만약 위반이면 식당 영업 정지에 특별관광관리지역 차별법 위반으로 벌금 이만 유로네요."

"이만 유로?"

"네, 모르셨어요? 하긴, 여기 전부가 특별관광관리지역이거든요."

Meloso 사장은 멍한 표정으로 이마를 부여잡았다.

＊   ＊   ＊

다음 날. 한겸이 혀를 내두를 정도로 너무 많은 기사들이 쏟아졌다. 예상했던 대로 타깃이 박재진에서 Meloso로 바뀐 것은 맞았으나 그 기사의 양이 엄청났다. 자신들이 언제 박재진을 의심했냐는 듯 '한국의 톱스타가 스페인에서 받은 대우'라는 제목들의 기사였다.

"겸쓰, 박재진 씨가 언제부터 톱스타였어?"
"노래 1위 오래 했으면 톱스타지."
"에이, 그건 아니지. 그냥 가수지 무슨 톱스타야."
"톱스타 맞지. 분마잖아."
"어? 그러네. 크크."

그때, 기사를 보던 종훈이 몸을 돌리며 말했다.

"마드리드 시장이 사과했대. 특별관광관리지역에서 일어난 일은 인종차별이 맞으며 두 번 다시 스페인에서 이런 일이 일어나지 않도록 힘쓰겠다, 라고 사과했대."

한겸은 놀랍다는 표정으로 숨을 크게 뱉었다. 일이 생각한 것보다 너무 커져 버렸다. 그저 분마를 알리고 식당 주인에게 사과도 받을 생각으로 시작한 일에 마드리드 시장까지 사과를 해버렸다.

"Meloso는요?"

"아직 그 얘기는 없는데?"

한겸은 고개를 끄덕이고선 곧바로 라온의 이종락에게 전화를 걸었다.

"이 부장님, 인터뷰 오늘 하시죠?"

—네, 안 그래도 연락드리려고 했습니다.

"가게가 바뀌는 걸 꼭 보고 싶다고 해주세요. 저번에 말씀드린 것처럼 그 지역 가게들이 망해 버리면 반발을 살 수 있거든요."

—그거 때문에 연락드렸어요. 내내 가만있던 외교부에서도 연락이 왔더라고요.

"외교부요?"

—네, 대사관에서 도움은 적절했냐 그런 거 묻고 재진이 형 인터뷰 내용 물어서, 그냥 가게가 좀 바뀌었으면 한다는 그런 내용이라고 했더니 아주 칭찬하고 난리도 아니었어요. 그 덕분에 자기네들도 어깨에 힘을 줄 수 있을 거라고.

"그게 무슨 말이에요?"

—올해가 스페인하고 수교 맺은 지 70년이라고, 정책 중에 쌍방향 인적 교류 확대하는 그런 게 있나 보더라고요. 잘못하면 서로 얼굴 붉혀서 양국 여행객 발길이 끊길 수도 있으니까요.

"아."

한겸은 자신도 모르는 사이에 국가 간 문제로 번졌을 수도 있었다는 생각에 깜짝 놀라 가슴을 쓸어내렸다.

"아무튼 인터뷰는 빨리 하셔야겠어요."

―그래야죠. 저희가 보여 드렸던 거하고 바뀐 거 하나도 없으니까 걱정하지 마세요.

이미 라온에서 보낸 인터뷰 내용을 본 한겸은 고개를 끄덕이며 통화를 마쳤다. 그리고 잠시 뒤, 박재진 기자회견이 인터넷에 실시간으로 올라왔다. 팀원들은 함께 보기 위해 한겸의 옆으로 이동했다.

"워, 저러니까 진짜 톱스타 같네."

"잘못 저지른 사람들이 저런 거 해서 그런가, 좀 범죄자 같아 보인다."

"오빠는 말을 해도. 범죄자면 큰일 나죠."

한겸은 피식 웃고선 화면을 쳐다봤다. 박재진이 자신의 입장을 밝히기 시작했다. 그 내용은 이미 여행객의 인터뷰를 바탕으로 많은 기사들이 쏟아져 나온 것과 별반 다르지 않았다. 박재진의 입장보다는 기자들의 질문에 대한 답변이 중요했다. 마침 기자들의 질문이 시작되었다.

―인종차별이 확실했나요?

─당시 상황을 제가 느끼기에는 그랬습니다.

─그런데 왜 그동안 침묵하고 계셨죠?

─음, 딱히 말을 해야 되는 거라고 생각하지 않았습니다.

─피해 여성분들을 위해서인가요?

─꼭 그렇지는 않습니다. 어찌 됐든 공인임에도 불구하고 해외에서 경찰서까지 다녀온 게 자랑은 아니니까요.

박재진의 웃음 섞인 대답에 기자들도 미소를 보였다. 분위기가 굉장히 부드럽게 흘러가고 있었다.

"겸쓰, 저 아저씨 진짜 배우 해야 되는 거 아니야?"

"응, 배우 하면 정말 잘할 거 같아."

한겸은 피식 웃고선 마저 화면을 쳐다봤다. 그리고 기다리던 내용이 들리기 시작했다.

─스페인에는 왜 가신 겁니까?

─상반기 음원차트 1위 했다고 회사에서 보내줬습니다.

─항간에는 박재진 씨가 분마라는 소문이 있는데 어떻게 생각하시나요?

─전혀 관계없죠. 제가 절 인질로 잡을 리는 없지 않습니까?

─솔직하게 말씀해 주시죠. 대중들은 이미 박재진 씨가 분마라고 확신하고 계시거든요.

─음, 그런데 제가 아니라고 하면 믿어줄까요?

—하하, 그럼 스페인에서 왜 분마의 대사를 하신 건가요?

화면 속 박재진은 피식 웃으며 말을 이었다.

　—그 식당 서비스를 보니까 마침 분마가 생각났고, 잘못된 점을
고쳤으면 하는 생각이 들더라고요.
　—스페인어를 잘하셨습니까?
　—아니요. 일행에게 물어봤습니다. Si tengo vivir por ellos, lo
haré haciendo el mal. 그걸 그대로 따라 했을 뿐입니다. 절대 그
고무장갑이랑 이름 똑같은 사람 따라 하는 거 아닙니다.

　기자들은 피식거리며 웃었다. 박재진이 아니라고 할수록 오히
려 확신하는 것처럼 보였다. 아마 내일부터 분마의 광고가 스페
인에 나가는 즉시, 박재진이 분마라고 확신할 것이었다. 그때, 기
자의 질문이 들렸다.

　—마드리드 레스토랑에 대해서는 어떻게 할 생각이십니까? 고
소를 준비 중이신 겁니까?
　—아니요. 절대 아니죠. 전 그 가게가 문 닫는 걸 원하지 않습니
다. 단지 잘못된 점이 고쳐져서 보다 많은 사람들이 이용했으면 하
는 생각입니다. 맛있었거든요. 만약에 그 레스토랑이 자신들의 잘
못을 인정하고 동양인들에 대한 서비스를 개선한다면 재방문할 용
의도 있습니다.
　—마치 분마가 분트의 잘못된 점을 고치게 했던 것 같군요.

─무슨 말씀이신지.

인터뷰를 보던 한겸은 됐다는 듯 박수를 크게 쳤다.

"잘됐다. 이제 분마 광고 나오면 사람들 엄청 관심 끌겠다."
"겸쓰, 너는 정말 무서운 놈이야."
"내가 왜?"
"광고 성공시키려고 이런 짓까지 하게 하잖아. 겸사겸사? 웃기고 있네."

한겸은 범찬의 말을 웃어넘겼다. 그때, 방 PD에게서 메시지가 도착했다.

[광고 보냈으니까 확인해 주고 바로 연락해 줘.]

한겸은 웃으며 메일을 확인했다. 시간이 촉박한 탓에 처음으로 하는 확인이었다. 하지만 방 PD를 믿고 있기에, 크게 걱정하지는 않았다. 그리고 이미 마지막 장면에서 색을 본 상태였다.

"방 PD님이 광고 보내셨대. 같이 보자."

한겸은 팀원들을 불러 모은 뒤 광고를 재생했다. 역시나 예상한 대로, 제대로 제작되었다.

"와, 이거 뭐야. 변신하는 거 왜 이렇게 자연스러워?"

"벽에서 튀어나오는 것도 잘했다."

"아빠랑 삼촌들부터 다른 제작 팀 회사까지 다들 고생하셨어."

"이야, 이러니까 진짜 히어로 영화 같다."

색이 보이진 않았지만 한겹 역시 만족하며 미소를 지었다. 광고는 마지막 부분에서 박재진의 손에 간판이 빨려 들어가며 새로운 글자가 새겨지고 끝이 났다.

—Si tengo vivir por ellos, lo haré haciendo el mal.

짝짝짝짝짝!

"와, 이거 우리가 만든 거야? 우리 히어로 영화 만들어도 되겠다."

"하하, 그렇게까지는 아니고. 아무튼 잘 나왔네."

"이거 우리나라 거하고 비교되겠다."

"어차피 분마가 같은데 뭐. 변신했잖아."

한겹은 박수까지 칠 정도로 만족했다. 매번 느끼는 것이지만 광고에서 색이 보이는 일은 큰 희열감을 가져다주었다. 한겹은 다시 광고를 확인한 뒤 곧바로 방 PD에게 연락했다.

—어때, 봤어?

"너무 좋던데요. 고칠 부분 없었어요."

—어, 다행이다. 알았어. 바로 너희 플랜 팀에 보낸다.

"네, 감사합니다."

—그리고 우리 추석 때 못 쉰 거 내일부터 쉬니까 그렇게 알아. 윤 프로님 더빙은 휴가 끝나고 곧바로 하자. 스케줄 너희 사무실로 보내놨어.

"네, 고생하셨어요."

한겸은 통화를 마치고선 기분 좋은 미소를 지었다. 방 PD와 제작 팀이 몇 날 며칠을 고생해서 만든 결과물이 잘 나와서 다행이었다. 전화를 끊고 한숨 돌리려 할 때, 분트의 마케팅 팀 팀장에게서 전화가 걸려왔다. 연락을 하더라도 대부분 사무실을 통했기에, 한겸이 직접 연락을 받기는 오랜만이었다.

—김 프로님! 감사합니다!

"네?"

—김 프로님 덕분에 세계적으로 분트 이름이 오르내리고 있습니다. 덕분에 한국 분트의 위상이 확 올라갔습니다.

"저희가 광고를 맡았으니까 당연한 거죠."

—당연하긴요. 성 대표님께 듣고 사실 반신반의했는데 이렇게까지 성공할 줄은 몰랐습니다. 미국 분트 경영분석 팀에서 스페인에서 성공할 확률이 확 올라갔다는 평가를 했답니다. 그리고 아마 다른 나라에서도 분마를 계속하게 될 수도 있을 것 같습니다!

"일단 스페인부터 봐야죠. 그래도 잘됐다니까 다행이네요."

―언제 한번 찾아뵙고 인사드리겠습니다.

"저를요?"

―네! 하하, 김 프로님 추천한 게 저라서 제가 이번에 승진을 하게 됐습니다. 마케팅 팀 총괄 팀장 됐습니다. 다 김 프로님 덕분입니다.

"와, 축하드려요."

―꼭 찾아뵙고 인사드리겠습니다.

김 팀장의 소식에 한겸은 웃으며 통화를 마쳤다. 이제 준비했던 모든 일이 끝났다. 물론 내일부터 스페인 분마 광고가 나오기 시작하면 바빠지겠지만, 오늘만큼은 홀가분한 느낌이었다.

*　　　　　*　　　　　*

Meloso의 사장은 창가 자리에 앉아 매장을 바라봤다. 30년간 이어왔던 식당을 이렇게 문을 닫게 될 줄은 상상하지 못했다. 평소라면 손님들로 가득 찼을 매장이 자신의 마음처럼 텅비어 있었다.

그렇다고 자신을 이렇게 만든 동양인들이 밉지는 않았다. 오히려 미안한 마음이 생겼다. 조사를 받다 보니 어쩔 수 없이 Y튜브에 올라온 영상을 확인해야 했고, 그 정도로 많은 사람들이 상처를 받았을 줄은 생각하지 못했다. 자신에게는 스쳐 지나가는 일이었지만, 그들은 일생에 한 번일 수도 있는 여행에서 그런 일을 겪게 된 것이었다.

하지만 돌이키기에는 너무 늦었다. 아직 직원들에게 말을 하진 않았지만, 조사 결과가 나온다면 문을 닫는 건 예정된 수순이었다. 그때 조사관으로부터 전화가 걸려왔고, 사장은 휴대폰을 한참이나 쳐다봤다.

*　　　*　　　*

사장은 깊은 한숨을 뱉은 뒤 통화 버튼을 눌렀다.

─아론 씨 되십니까?
"네… 제가 아론입니다."
─조사 결과, 일부는 확인이 안 됐지만 상당수 피해자들의 증언이 사실인 게 확인됐습니다.

이미 사실을 알고 있던 사장은 그저 이제 끝이라는 생각밖에는 할 수 있는 것이 없었다. 사장은 대답 대신 나지막이 한숨을 뱉었다. 그때, 조사관에게서 뜻밖의 말이 들려왔다.

─그런데 피해자들이 처벌을 원하지 않더군요.
"네……?"
─피해자들이 처벌을 원하질 않는다고요. 그래서 시에서도 유예기간을 두기로 했습니다.
"자세히 말씀해 주실 수 있겠습니까?"
─휴, 그 한국 가수분 있죠? 그 사람이 가장 먼저 문 닫길 원

하지 않는다고 했어요. 그걸 시작으로 많은 사람들도 동참했고요. 그리고 한국 정부에서도 처벌보다는 바뀐 모습을 원한다고 했습니다.

"그게 정말인가요……?"

—네, 유예기간인 만큼 다시 이런 일이 발생한다면 처벌이 배가되는 거 아시죠? 그러니까 똑같은 사람인데 왜 차별을 하세요. 휴, 잘못하면 우리 마드리드, 인종차별 하는 시라고 오해받을 뻔했잖습니까.

"감사합니다… 감사합니다."

—저한테 감사할 건 아니고요. 내일 유예기간 인정하시는 서류하고 우리 마드리드주 지침도 같이 갈 거니까 확인하시고요. 영업은 바로 시작하셔도 됩니다.

통화를 마친 사장은 생각지도 못한 상황에 손까지 벌벌 떨었다. 그러고는 한참을 의자에 등을 기댄 채 멍하니 있었다. 그때, 자신과 비슷한 상황을 겪고 있는 다른 가게 사장이 찾아왔다.

"아론! 아론! 우리 살았어."

"자네도?"

"어! 자네도 연락받았는가? 다행이야. 정말 다행이야. 하마터면 옐로 때문에 가게 문 닫을 뻔했어! 빌어먹을 옐로! 그래도 그 원숭이가 인정해서 살았지."

아론 사장은 옆 가게 사장을 보며 못마땅한 표정을 지었다.

자신과 다르게 전혀 반성하는 모습이 아니었다. 아론은 궁금했던 것이 있었기에 일단 내색하지 않고 휴대폰을 들었다.

"그게 어디에 나와 있나?"
"그냥 아무 데나 들어가도 다 있네. 자네, 좋겠어."

아론은 곧바로 인터넷 창을 열었다. 그동안은 이 지역 식당가에서 일어난 인종차별에 대한 기사들뿐이었다. 그런데 지금은 달랐다. 자신과 다퉜던 동양인의 얼굴이 나온 기사들이 수두룩했다. 그중 '용서받지 못할 일을 용서받다'라는 제목의 기사를 클릭했다. 그러자 기사 내용과 함께 한국 가수의 인터뷰 영상이 아주 짤막하게 있었다. 영상에서 무슨 말을 하는지 알아들을 수 없어 자막을 봐야 했다. 아론은 저 사람도 자신 때문에 큰일을 겪고 있다는 것이 미안했다.

"분마? 분마가 뭐지?"
"한국의 분트 광고라고 하더군."

기사 내용을 보니 한국에서 인기를 끈 분트의 광고라는 내용이 적혀 있었다. 그때, 영상 속 박재진의 입에서 스페인어가 들려왔다.

—Si tengo vivir por ellos, lo haré haciendo el mal.

그 말을 들은 아론은 멋쩍은 웃음을 지었다. 자신이 내쫓을 때도 박재진이 저 말만 했던 탓에 기억하고 있는 말이었다.

"저 중세 시대에나 썼을 것 같은 말은 뭐야."
"그런 게 있으니 조용하게."

박재진은 영상에서 자신의 가게 음식이 맛있었다는 말까지 했고, 서비스가 고쳐진다면 재방문할 용의까지 있다고 했다. 다른 크리에이터들이 올린 영상의 일부분이 올라온 기사에도 비슷한 내용이 있었다. 스페인 친구들의 소개를 받고 갔는데 실망했다는 내용도 있었지만, 박재진의 인터뷰를 언급하며 서비스가 개선된다면 다시 방문해 음식을 맛보고 싶다는 내용이 있었다. 그리고 그 기사 밑에 스페인 사람들이 달아놓은 댓글이 보였다.

―너무 부끄럽다.
―인종차별 없는 걸로 유명한 스페인에서 이런 일이 일어나다니.
―이런 가게는 이용하면 안 됩니다.

오히려 같은 나라 사람들이 매질을 하고 있었다. 아론은 침을 꿀꺽 삼켰다. 만약 반대의 입장이었다면 자신은 절대로 저렇게 하지 못했을 것 같았다. 살아날 기회를 줘서 고마웠고, 돌이켜 보니 너무 미안했다. 그때, 옆 가게 사장이 콧방귀를 뀌며 말했다.

"우리 거리가 음식 맛있는 걸로 유명하긴 하지. 그러니까 오지 말래도 계속 오는 거 아니야. 이참에 아예 안 왔으면 좋겠네!"

아론은 인상을 찡그렸다. 바로 며칠 전까지만 해도 자신도 같은 생각이었다. 하지만 지금은 아니었다. 아론은 옆 가게 사장을 물끄러미 보며 입을 열었다.

"자네는 계속 그렇게 받아들이게. 난 앞으로 백인이든 흑인이든 라틴계든 동양인이든, 우리 가게에 오는 손님에게 모두 똑같이 대접하기로 마음먹었네."

"음?"

"저 사람들이 푸대접을 받고도 왜 우리를 용서했을 거 같은가. 가만히 있으면 우리가 망하는 걸 보게 될 텐데. 우리가 망한다고 인식이 쉽게 바뀌지 않을 걸 아니까 우리만이라도 바뀌길 원해서 용서를 해주는 거 같지 않은가? 난 그렇게 느껴졌네."

옆 가게 사장은 어깨를 으쓱거리고선 자리에서 일어났다. 아론은 그런 옆 가게 사장의 뒷모습을 보며 혀를 차고선 다시 인터넷을 뒤적거렸다. 한참이나 뒤적거리던 아론은 멋쩍게 웃으며 입을 열었다.

"이게 분마였군……."

*　　　　　*　　　　　*

다음 날. 한겸은 사무실에서 스페인 분트 광고가 올라오길 기다렸다. 스페인 시간으로 오후 12시부터 게재된다는 소식에, 팀원들 모두가 퇴근도 안 하고 기다리는 중이었다. 이미 박재진 일로 스페인 현지에서 분마에 대한 기사들이 올라온 덕분에 사람들의 반응은 좋을 것이 틀림없었다. 그러다 보니 팀원들은 내심 기대되는 얼굴로 스페인 사이트를 확인했다. 그러던 중 종훈이 고개를 돌리며 소리쳤다.

"올라왔다!"

팀원들은 모두 종훈의 옆으로 자리를 옮겼고, 한겸은 화면을 보며 물었다.

"이거 영상에 붙은 광고는 아니죠?"
"응, 그냥 스페인 분트 채널에 올라온 거야. 광고로 붙은 거 찾아볼까?"
"아니에요. 일단 봐요."

종훈은 곧바로 재생 버튼을 눌렀다. 이미 수도 없이 봤던 영상임에도 새로운 느낌이었다. 영상이 끝나자 한겸은 만족한다는 듯 고개를 끄덕거리며 입을 열었다.

"밑에 내려봐요."

"댓글 보게? 벌써 달렸겠어? 어⋯⋯?"

"와⋯ 이건 좀 놀랐네."

범찬과 수정도 댓글을 보며 피식 웃었다.

─1빠.

한국어 댓글이 가장 처음 달려 있었다. 한겸은 그 댓글을 보며 피식 웃었다.

"진짜 대단하다. 시간 보니까 올라오자마자 댓글 단 거 같은데."

"내가 잘못 본 줄 알고 깜짝 놀랐네."

"다른 댓글 달렸는지 새로고침 해봐요."

종훈이 새로고침을 누르자 몇 개의 댓글이 더 달렸다. 스페인어를 할 수 있는 사람이 아무도 없었기에 번역기로 댓글을 번역했다. 번역기라는 게 완벽하지 않아서 제대로 이해할 수는 없었다. 그때, 사무실 문이 열리면서 사무실 직원이 들어왔다.

"대표님이 스페인 반응 같이 확인하라고 해서 왔습니다."

"아! 장 프로님, 스페인어 가능하시죠."

"네, 그래서 가보라고 하셨어요."

팀원들은 활짝 웃으며 자리를 터주었다. 그러자 장 프로가 모니터 앞에 앉더니 댓글 하나하나를 읽어주었다.

"분마가 어떤 역할인지 이해할 수 있었다네요. 의상이나 역할이 굉장히 조화가 좋아서 재미있대요."

"칭찬이네요."

"네, 대부분 그런데요. 실제로도 이런 영웅이 있었으면 좋겠다는 말도 있고요. 어, 여기 Meloso 언급도 했네요."

"뭐라고요?"

"마드리드에 사는 사람인데, 이 영상 보니까 분트도 어떻게 바뀔지 기대된다는데요?"

"그게 무슨 말이에요?"

"분마가 다녀간 뒤로 Meloso가 변했대요."

"그래요? 박재진 씨를 분마라고 확실히 알고 있네요."

"그렇죠. 한국에서 박재진 씨가 분마가 확실하다는 듯 기사를 내보냈으니까 그게 퍼진 거죠."

Meloso에 대한 소식을 따로 접할 수 있는 방법이 없었다. 이렇게 언급이 된 걸 보면 좋은 방향으로 변한 것 같았지만, 어떻게 바뀐 건지 무척 궁금했다.

"마드리드 지역신문에 보면 나와 있을 것 같기도 한데 한번 찾아볼까요?"

"네, 부탁드려요."

"우회도 해놓으셨으니까 금방 찾겠어요. 잠시만요."

장 프로는 잠시 검색을 하더니 모니터를 가리키며 말했다.

"딱 나와 있네요."

"레스토랑이 엄청 큰가 봐요. 사람들이 왜 이렇게 많아요?"

"아, 이건 Meloso만 있는 게 아니라 그 거리 식당들이 전부 나온 거래요."

사진에는 수많은 사람들이 고개를 숙이고 있었다.

"이렇게 모든 식당이 나와서 사과하는 건 굉장히 이례적인 일이라네요. 이건 Meloso 사장이 인터뷰한 건데요. 내용은 '자신들을 용서해 준 걸 감사하게 생각합니다. 당신들의 은혜를 잊지 않기 위해 오늘 날짜인 10월 7일만큼은 모든 여행객들에게 한하여 무료 서비스를 제공하겠다'는 내용이네요. 인종차별이 문제된 만큼 동양인만 혜택을 주기보다는 인종 상관없이 모든 여행객이 대상이래요."

"잘됐다."

"여기 이 사진은 Meloso 같은데요. 여기 앞에 간판에도 적어 놨네요."

"뭐라고요?"

"음, 반성하고 반성하겠습니다. Meloso는 당신들을 위한 곳입니다."

가장 이상적인 그림이었다. 한겸은 무척 만족한 표정으로 팀원들을 쳐다봤다. 그러자 범찬이 못마땅한 표정으로 입을 열었다.

"옛말에 사람 고쳐 쓰는 거 아니라고 했는데."
"하하, 그래도 기회를 줘야지."
"뭐, 두고 보면 알겠지."

한겸은 피식 웃을 때, 광고를 봤는지 이종락에게서 연락이 왔다.

"광고 보셨어요?"
—그럼요! 지금 장난 아닙니다!
"스페인에 올라온 지 얼마 안 됐는데."
—스페인 말고요. 한국이요. 지금 포털사이트 못 보셨어요? 난리도 아닙니다.

한겸은 전화를 받은 채 장 프로에게 몸짓으로 양해를 구했다. 그러고는 키보드를 앞으로 당겨와 한국 포털사이트에 들어갔다. 그러자 많이 찾을 필요도 없었다. 전부 분마에 관한 얘기들뿐이었다.

—대박이에요. 며칠 동안 시끄러웠던 게 이렇게 돌아왔습니다!

한겸은 헛웃음을 뱉었다. 한국에서도 인지도가 상승한다면 좋지만, 지금은 스페인이 우선이었다. 그때, 이종락이 웃으며 하는 말이 들렸다.

―만약에 밝혀져서 동양인 모델 내리라고 그러면 어쩌나 저희도 걱정했거든요. 그런데 그럴 필요 없을 거 같아요. 재진이 형, 스페인에서도 쇼프로에 나와달라고 섭외 왔어요.

　"벌써요?"

　―아, 분마라서 그런 건 아니고요. 이미지가 인류를 사랑하는 것처럼 포장돼 버려서. 하하하, 내일모레 바로 스페인 갈 거 같습니다.

　한겸은 박재진을 떠올리며 피식 웃었다. 어차피 이번 사건을 접한 사람들이라면 모두 알 테지만, 스페인에서도 박재진 스스로가 분마라고 밝힐 일은 없을 것이다.

　―아, 맞다. 그 Meloso 사장이라고 있거든요. 그 사람이 회사로 연락했더라고요.

　"회사로요?"

　―네, 시간 있을 때 언제라도 말해주면 비행기 티켓을 보낼 테니까 다시 방문해 달라고 그랬어요. 좀 이르지만 바뀐 Meloso를 보여주고 싶다나 어쨌다나. 그때까지 자기들도 간판 안 달겠다고 하더라고요. 받으려다가 꾹 참았네요, 하하.

　"잘됐네요. 가시면 사진 좀 찍어다 주세요."

　―알겠습니다! 항상 감사하게 생각하고 있는 거 아시죠? 하하.

　한겸은 미소를 지으며 이종락과 통화를 마쳤다. 그러고는 범찬에게 지금 얘기를 해주었다. 그러자 범찬이 방금 전과 다른 반응을 보였다.

"오… 표값이 장난 아닐 텐데. 진짜 반성 좀 했나 본데?"
"넌 반성의 척도가 돈이야?"
"당연하지. 너, 그냥 말로만 사과받는 게 좋아, 아니면 '사죄의 선물입니다' 하고 선물 주면서 사과받는 게 좋아. 사람이 다 똑같은 거야."

한겸은 못 말린다는 듯 피식 웃으며 고개를 흔들었다.

*　　　　　*　　　　　*

다음 날. Do It 프로덕션이 휴가를 갔기에 기획 팀도 따로 제작을 하기보다는 며칠간 포스터 일을 돕기로 했다. 팀원들 모두 포스터를 제작하며 스페인 반응을 살폈다. 그때, 계속 인터넷을 살피던 범찬이 웃는 소리가 들렸다.

"미쳤다. 미쳤어! 푸하하."
"왜?"
"우리나라 사람들 진짜 대단한 거 같아. 막 기업에 조금만 이상한 문제 생겨도 분마 찾아갈 거니까 간판 잘 간수하고 있으래."

한겸은 피식 웃었다. 하루 종일 봤던 일이었다. 스페인 반응보다 한국에서 반응이 훨씬 더 뜨거웠고, 크리에이터들은 광고 영상에 한국 자막까지 입힌 동영상까지 올려두었다. 다른 영상 같았으면 저작권 위반으로 문제를 삼았을 테지만, 광고 영상이다 보니 오히려 고마웠다.

한국에서는 당연히 인기가 많을 수밖에 없었다. 식당 난동 사건으로 관심이 올라간 상태에서 박재진이 해명을 한 뒤부터 박재진은 영웅이 된 상태였다. 사람들이 가장 많은 관심을 보내고 있는 박재진이 출연한 광고이기도 했고, 한국 편도 많은 관심을 받았던 만큼 후속작인 스페인 편에 관심을 보내는 건 당연했다.

그런 한국인들은 한국에서만 끝내지 않았다. 스페인 축구 클럽에서까지 분마를 언급했다. 사인을 해주지 않는 선수에게 분마가 유니폼 이름표 훔쳐 갈 테니까 기다리라고 하는 등 온갖 곳에서 분마를 언급했다.

그 덕분에 우습게도 일부 연예인이나 스포츠 선수들이 분마가 뭐냐는 질문을 했고, 한국인들과 분마를 아는 사람들은 친절하게 설명했다. 한겸은 자연스럽게 퍼져 나가는 상황에 미소를 지으며 입을 열었다.

"이러다가 정말 세계로 뻗어 나가겠어."
"가야지! 가자! 한강 보이는 아파트도 가자!"

범찬의 외침에 팀원들이 고개를 저을 때, 우범이 사무실로 들어왔다.

"이거 봐라. 우리가 판단할 수 있는 게 아니었다."

우범이 테이블에 서류철을 내려놓으며 의자에 앉았고, 팀원들은 의아한 표정으로 테이블로 다가왔다. 한겸은 곧바로 서류철을 펼쳤고, 안에 든 사진이 보였다. 그 사진을 본 한겸은 자신도 모르게 혀를 내밀 정도로 놀랐다.

"이게 정말이에요?"
"그래. 하루 만에."
"하루 만에 이 만족도 스티커가 다 붙었다고요?"
"그래. 어제 마감하고 찍었다고 들었다."

만족한다는 칸에 빼곡하게 스티커가 붙어 있는 사진이었다. 최소 일주일은 예상하고 있었는데 너무 빨랐다.

"그리고 이건 어제 하루의 판매량이다. 평소라면 2주 정도에 걸려 팔렸을 양이 하루 만에 판매됐다. 물론 이건 피자에 한해서다. 다른 판매량은 아직 알 수 없지만 마드리드에 분트가 생긴 이래로 최고로 많은 고객이 입장했다고 들었다. 오히려 오픈했던 날보다 많았다."

자신들이 만든 광고로 인해 판매량이 늘었다는 말은 광고를 만드는 사람이 가장 듣고 싶어 하는 말이었다. 하지만 이번 건 너무 빨랐다. 한국이라면 모를까, 스페인에서는 분마가 조금 더 알려질 필요가 있었다. 그래야 다른 나라를 갔을 때 도움이 될 것이었다.

"2차 광고 내보내야 하겠지?"

"너무 빨라요."

"그럼 버텨야 하는 건가?"

"소비자하고의 약속이라서 그것도 문제네요."

"서비스가 만족스러워서 평가를 한 거니 문제가 되진 않을 것 같은데."

"반응 보면 문제 돼요. 판매량이 광고가 나간 직후 껑충 뛰었잖아요. 그럼 분명히 분마를 보고 온 사람들이 많을 거예요. 그 사람들 중에서는 간판이 정말 있나 없나 확인하러 온 사람도 있을 거고, 정말 바뀐 건가 확인하러 온 사람도 있겠죠. 그리고 그 사람들 중엔 다음 광고가 빨리 보고 싶어서 붙인 사람도 있을 거예요."

"그렇군."

그때, 옆에 있던 수정이 고개를 숙이며 입을 열었다.

"죄송해요. 평균 입장 고객으로 잡고 분석해서 일주일이었는데 이렇게 빠를 줄 몰랐어요."

"네 탓 아니야. 다 몰랐는데. 사과할 필요 없어."

"그래도 좀 더 제대로 했어야 했는데."

"잘돼서 그런 건데."

누구도 예상할 수 없는 일이었다. 한겸은 수정을 다독인 뒤 어떻게 해야 할지 생각했다. 광고를 올리긴 해야 하는데 너무 빠른 것이 문제였다. 그때, 옆에 있던 범찬이 말을 툭 던졌다.

"분트에 문제를 만들어."

"안 돼. 지금 고쳐 나가고 있는 이미지를 일부러 떨어뜨리는 건 아니야."

"그런가? 난 그럼 일단 돌려주고 또 훔치면 된다고 생각했지."

"아니야. 한 번으로 끝내야 돼. 그렇게 되면 스페인 가서 촬영하고 편집하고 그럴 시간이 없어."

"어휴, 이렇게 인기가 많아도 문제야. 우리가 왜 간판으로 했을까? 한국처럼 광고를 훔치든가 했어야 했는데."

"음, 사람들 눈 돌릴 게 뭐가 있을까."

범찬의 말처럼 간판이 아니라 한국처럼 광고였다면 계속 이어갈 수 있었다. 돌려준 광고가 다시 나오면서 분트가 계속 언급될 것이었다. 하지만 간판은 그렇지 않았다. 돌려주면 끝이었다. 그렇기에 사람들에게 조금 더 홍보할 수 있는 시간이 필요했다. 한겸이 입을 다물고 생각하자 범찬이 코를 씰룩거리며 말했다.

"분트가 많았으면 다른 간판이라도 훔치지. 딸랑 하나라서 더 문제야. 하나씩 돌려주면 얼마나 오래 써먹을 수 있어. 미국 같았으면 간판 돌려주는 데 일 년은 걸릴 텐데. 그럼 자연스럽게 사람들 눈 돌릴 수 있잖아. LA 아니고 뉴욕이었지롱! 막 이렇게."

한겸은 피식 웃다 말고 범찬을 쳐다봤다. 그러고는 테이블에 놓인 서류를 뒤집어 그 위에 무언가를 적기 시작했다.

"아, 난 아무래도 겸쓰의 뮤즈인가 봐. 저 봐, 내 말 듣고 또 뭐 생각났어."

그리 오래 생각할 것도 아니었다. 한겸은 피식 웃고선 곧바로 입을 열었다.

"사람들 시선 돌릴 수 있겠다."

그러자 팀원들은 물론이고 우범까지 궁금한 표정으로 한겸을 쳐다봤다. 한겸이 미소를 지으며 입을 열었다.

"박재진 씨가 스페인에 가는 거야."
"또 가라는 거냐?"
"어차피 스페인 쇼프로그램에서도 섭외를 했다고 했잖아요. 그 참에 가는 거예요. 그럼 자연스럽게 분마가 등장했다고 생각하겠죠. 그리고 가장 먼저 찾아가는 곳은 분트가 아니라 Meloso고요. 지금 Meloso 간판 없거든요."
"음, 그 얘기는 들었다. 아! 박재진 씨가 직접 다녀간 곳에 간판이 생기게 하는 거군."

"맞아요!"

"일단 Meloso 먼저 들러서 간판을 달고 박재진 씨는 분트로 가야 되겠군."

"맞아요. 그동안 시간을 벌 수 있을 거 같아요."

"박재진 씨도 내일 스페인에 간다고 했고. 타이밍이 좋군."

계약 외 조건이므로 박재진이 허락해야 하는 일이기는 했지만 일정에 무리가 생기는 일은 아니었기에 들어줄 것 같았다.

"제가 직접 전화를 해볼게요."

"그래, 지금 해라. 스페인 분트에는 내가 연락하마."

한겸은 휴대폰을 꺼내 곧바로 이종락에게 전화를 걸었다. 그러고는 조금 전에 했던 내용을 그대로 설명해 주었다.

ㅡ그렇게 반응이 좋아요……?

"네. 예상을 벗어날 정도로 반응이 좋아요. 광고가 오래 나가는 게 박재진 님한테도 좋을 것 같거든요."

ㅡ그건 그렇죠. 잘하면 유럽 진출할 수도 있는 일인데. 그럼 재진이 형이 어떻게 하면 되죠?

"어려운 건 없어요. 그 Meloso 가서 식사하시고 간판 한 번만 보고 오세요. 그리고 이틀 뒤에 분트 가면 만족도 붙어 있는 판이 있을 거예요. 그 앞에서 한 번 쳐다보시기만 하면 돼요. 나머지는 저희가 다 알아서 할게요."

한겸은 우범에게 신호를 주며 얘기를 했고, 우범은 한겸의 얘기를 적었다.

―정말 그렇게만 하면 끝이에요?

"네, 일정에 문제 생기는 일도 없을 거예요."

―그렇긴 하죠. 안 그래도 우리 대표님이 기왕 박애주의자 된 거 확실하게 밀고 나가자고 그래서, 재진이 형 이미지메이킹 한다고 Meloso는 꼭 들르라고 했거든요.

"박애주의자요……."

―네, 이상한 이미지 생겨서 가요계 간다라고도 하고. 아무튼 김 프로님 덕분에 별명 많이 생기고 있어요. 그럼 그렇게만 하면 되는 거죠? Meloso 들르고, 분트 들르고.

"네. 꼭 간판 쳐다보시고요. 그리고 분마라고 밝히지 마시고요. 아무리 사람들이 알고 있다고 해도 말하지 마세요. 그게 더 먹히고 있으니까요."

―알죠. 아무튼 그렇게 할게요. 혹시 모르니까 서류 좀 보내주세요.

"네, 바로 보낼게요."

한겸이 통화를 마치자 우범이 적어놓은 메모를 보며 입을 열었다.

"분트에서는 분트 관계자가 사진을 찍으면 되겠고. Meloso는 어떻게 하려고 하는 거지?"

"기자들 많을걸요. 지금 스페인도 그 문제로 한창 시끄러웠 잖아요. 당사자가 와서 다시 방문하는 것만큼 흥미로운 것도 없을 거 같은데. 우리는 분트 쪽에 연락해서 최대한 노출 안 되게 Meloso가 간판을 다시 달도록 해야 돼요."

"그렇군. 알았다. 그럼 분트에만 연락을 하면 되겠군."

"네. 플랜 팀하고도 얘기하셔서 아직 2차 광고 내보내면 안 된다고 말씀해 주세요."

"알겠다."

우범은 한겸을 보며 피식 웃고선 사무실을 나섰다.

*   *   *

스페인에 도착해 호텔에서 하루 묵은 박재진은 Meloso로 가기 위해 차에 올라탔다.

"어우, 내가 달라질 거 없다고 했을 때 믿어야지. 이게 뭐야."

"박애주의자 아니십니까."

"용진 씨, 나 놀리는 거야?"

"아닙니다. 놀리기는요. 그리고 톱스타인데 이 정도 스태프는 당연한 겁니다."

박재진은 차에 올라타는 일행을 쳐다봤다. 마치 자신이 아이

돌이라도 되는 듯 매니저도 세 명에, 스타일리스트부터 메이크업 아티스트까지 회사 인원을 총동원한 상태였다. 게다가 지금 타고 있는 차 뒤쪽에는 회사에서 준비한 보디가드들까지 따라오고 있었다.

그러다 보니 박재진 스스로도 스페인에서 자신의 인기가 그 정도인가 궁금했다. 그래서 입국할 때 한껏 꾸미고 나왔건만 반기는 사람은 아무도 없었다. 한국에서는 그나마 기자들이 알은척이라도 해주고 아이돌을 보러 온 사람들이 사진이라도 찍었을 텐데, 이건 그냥 여행객이나 다름없었다.

"어휴, 진짜. 종락이 이 자식은 입만 열면 뻥이야. 항상 꾸미고 다니기는 무슨."

"아까 호텔에서도 사진 찍자는 사람 있었지 않습니까."

"아, 그렇긴 하지. 참 나. 분마가 대단하긴 대단한가 봐. 부르마 부르마 이래서 뭔 소린가 했네."

"이 부장님이 스페인 신문사에 형님이 Meloso 거리에 가는 거 알렸다고 했으니까 거기선 조금 다르지 않겠습니까?"

"퍽도 다르겠다."

대화를 나누는 사이 Meloso가 있는 거리에 도착했다. 거리 안에 주차할 곳이 없었기에 조금 떨어진 곳에 주차를 한 뒤 일행과 걷기 시작했다. 그리고 Meloso가 있는 골목을 걸어갈 때였다.

"저기 왜 저렇게 사람이 많아."

"다 형님 보러 온 거 아니겠습니까."

박재진은 뒷덜미를 긁적거렸다. 마치 한국에서 식당 난동 사건에 대한 입장을 밝힐 때 모였던 기자들 수와 비슷한 수가 모여 있었다.

"내가 이 정도라고?"
"당연한 거죠."
"아니, 비행기 타고 13시간이나 걸리는 스페인에서? 50대 아저씨 밥 먹는 거 구경 왔다고?"
"형님은 한국의 발라드 군주 아니십니까."
"어우, 됐어. 밥도 안 넘어가겠네. 아무튼 간판 쳐다보라고 했지? 어? 진짜 간판 떼버렸네."

박재진은 Meloso 앞에 모여 있는 사람들을 한 번 쳐다보고선 걸음을 옮겼고, Meloso 앞에 도착하는 동시에 카메라가 터졌다. 순간 대낮이라고 느껴질 만큼 밝았지만, 박재진은 눈 한 번 찌푸리지 않고 웃으며 카메라들을 향해 인사를 했다. 그러고는 Meloso 안으로 들어갔다.

"와, 무슨 사람이 이렇게 많아. 저번보다 훨씬 많네."

전에 방문했을 때도 사람이 많았는데 오늘은 아예 빈 테이블이 보이지 않을 정도로 가득 차 있었다. 그리고 그 테이블을 채운 손님들은 마치 지구에 있는 모든 인종들을 모아놓은 듯 알록달록했다. 그때, 자신과 다투고 경찰서까지 가게 만든 사장이 미소가 가득한 얼굴로 나타났다.

"예약 확인 도와드리겠습니다, Sir."

*   *   *

박재진은 Meloso 사장의 얼굴을 가만히 쳐다봤다. 분트 광고를 하며 자신도 연기에 자신이 붙었던 참인데 사장의 표정은 자신보다 한 수 위처럼 너무 자연스러웠다. 박재진은 카메라를 의식해 애써 미소를 보인 뒤 안내받은 자리에 앉았다.

"뭐 이렇게 사람이 많아?"
"이거 다 형님 덕분입니다."
"나?"
"정말 바뀐 건지 확인하러 온 사람도 있을 테지만 형님이 인터뷰에서 맛있었다고 했지 않습니까."

박재진은 피식 웃었다. 전부 한겸과 회사가 시켜서 했던 일이었다. 자신이 성인군자도 아니고, 경찰서까지 다녀왔는데 사장이 곱게 보일 리가 없었다.
잠시 뒤 박재진은 종업원에게 음식을 주문했고, 음식을 기다리며 매장을 살폈다. 밖에 진을 치고 있는 취재진 때문에 신경이 쓰이는 상태에서 매장 안 손님들까지 자신을 힐끔거리는 통에 매장을 유심히 살펴볼 순 없었다. 그 때문에 바뀐 모습을 확인하지는 못했다. 만약 봤다고 하더라도 바뀐 걸 눈으로 보고 알아차리는 건 쉽지 않을 것이었다. 박재진은 눈이 마주친 손님들에게 미소로 인사를 하고선 고개를 돌렸다.

그때, 마지막으로 남아 있던 빈 테이블에 손님이 들어왔다. 백인 여성 두 명이었고, 종업원이 메뉴판을 주며 말을 했다. 전과 마찬가지로 스페인어로 말을 걸었지만, 상대방이 알아듣지 못했다. 그러자 종업원이 영어로 말을 했다.

"실례지만 여행 중이신가요?"

"네, 여행 왔어요."

"현재 Meloso에서 여행객분들을 대상으로 디저트를 서비스로 제공하고 있습니다. 괜찮으시면 여권을 보여주시겠어요?"

그 말을 들은 박재진은 헛웃음을 지었다. 현지 통역이 함께 자리하고 있었다고 해도, 그의 일행에겐 여행객 서비스 이야기가 따로 없었다. 박재진은 애써 표정을 감추고선 얼굴을 가리고 입을 열었다.

"역시 사람 쉽게 안 변해."

"형님, 왜 그러세요?"

"저 옆 테이블은 서비스도 준다고 하잖아. 어후, 마음 같아서는 당장 나가고 싶네."

그때, 박재진의 테이블에서 시킨 음식이 나오기 시작했다. 박재진은 빨리 식사를 한 뒤 해야 할 일을 하고 돌아갈 생각이었다.

"기분 나쁘게 음식은 또 왜 맛있어."
"형님, 웃으세요."
"웃고 있잖아."

억지 미소를 지은 채 식사를 했다. 잠시 뒤 일행의 식사가 끝났다. 그때 사장이 또다시 웃는 얼굴로 다가왔다.

"식사는 입에 맞으셨나요?"

함께 온 통역사가 통역을 해주었고, 박재진은 마지못해 고개를 끄덕거렸다. 그러자 식당 주인이 종업원에게 뭐라 말했고, 잠시 뒤 종업원이 음식을 들고 나왔다. 사장이 입을 열었다.

"이건 저희가 반성하는 의미에서 모든 여행객분들에게 제공하는 서비스입니다."

그 말을 전해 들은 박재진은 약간 민망한 표정으로 질문을 했다.

"다른 테이블에 준 디저트 말이죠?"

"네, 맞습니다. 손님은 한국에서 오신 걸 알기 때문에 질문을 생략했습니다."

통역사를 통해 대화를 나눈 박재진은 상당히 머쓱해졌다. 그러자 사장은 잠시 한 발 물러나더니 한국식 인사를 배웠는지 가볍게 고개를 숙였다.

"그때 일은 진심으로 사과드립니다. 이번 일이 저희 Meloso를 되돌아볼 수 있는 계기가 되었습니다. 잘못을 인정하고 반성하겠습니다. 그래서 저희 Meloso를 찾아주시는 모든 손님들이 행복할 수 있도록 보답하겠습니다."

박재진은 어색하게 웃으며 사장의 사과를 받아주었다. 사장이 연기를 하는 걸 수도 있지만, 적어도 지금 눈빛만큼은 굉장히 진실하게 느껴졌다. 무엇보다 사장이 가져온 디저트가 진심으로 반성하고 있다는 걸 느끼게 했다. 조그만 케이크에 직접 장식을 했는지, 약간 비뚤어진 한글로 '사랑'이란 단어가 적혀 있었다. 일행은 타국에서 보는 한글이 반가운지 케이크를 보며 입을 열었다.

"여권으로 국적 확인하고 장식을 하나 보네요."
"이거 손 많이 가겠는데요? 코코아 가루인가?"

일행의 말을 들은 통역사는 또 사장에게 물었고, 사장의 얼굴엔 옅은 미소가 지어졌다.

"사람들의 영상을 보다 보니 많은 나라에서 와주셨더군요. 그 분들에게 사죄하는 마음으로 하게 되었습니다. 손님들이 전부 행복해하시는 걸 보면 잘했다는 생각이 듭니다. 앞으로 계속 이어나갈 생각입니다. 물론 디저트도요."

처음 보는 언어들로 장식을 하는 일은 쉽지 않았을 것이다. 자신들의 잘못을 뉘우치기 위해 일부러 고된 일을 자처하려는 것 같았다. 이 정도면 사장으로서는 최선을 다하고 있다는 생각이 들었다. 그러다 보니 박재진의 얼굴에도 미소가 생겼고, 진심으로 사과를 받아줄 마음이 들었다. 박재진은 자리에서 일어나 미소가 가득한 얼굴로 손을 내밀었다.

그러자 Meloso 사장은 잠시 머뭇거리더니 이내 박재진과 같은 미소를 지으며 손을 맞잡았다. 말은 통하지 않았지만, 싸우고 나서 화해하자 가까워진 느낌이었다. 두 사람이 맞잡은 손을 흔들자 밖에 있던 기자들이 동시에 사진을 찍기 시작했다.

"어휴, 우리 때문에 손님들 불편하시겠네. 얼른 먹고 가야겠습니다."

통역사에게 전해 들은 사장은 웃으며 괜찮다고 했지만, 박재진은 서둘러 디저트를 입에 넣었다. 일행까지 덩달아 급하게 디저트를 먹었고, 다 먹은 걸 확인한 후 박재진은 곧바로 자리에서 일어났다. 사장과 간단한 인사를 나눈 뒤 밖으로 나오자 기자들이 소리쳤다. 전혀 알아듣지 못하는 스페인어부터 영어까지 들렸고, 그중 영어로 한 질문이 들어왔다.

"이제 간판을 돌려주는 겁니까?"

기자는 장난스럽게 웃으며 질문을 했고, 박재진은 그 기자를 한 번 보며 어깨를 으쓱거렸다. 그러자 기자들이 웃는 소리가 들렸다. 박재진은 피식 웃고선 뒤를 돌았다. 한겸이 지시한 것이 남아 있었다.

박재진은 고개를 들어 간판이 있던 흔적만 남은 벽을 가만히 쳐다봤다. 그 간판의 자리를 보기 전까지는 그저 일이라고 생각했는데, 막상 간판을 보자 느낌이 이상했다. 광고 하나로 사람들의 인식이 바뀌었다. 게다가 중년의 자신이 뭐라고 해외에서 이렇게 취재를 하러 온 건지 신기했다. 그런 생각이 들자 처음에 자신을 찾아와 마치 이렇게 될 거라는 걸 알고 있었다는 듯 확신에 차 있던 한겸의 얼굴이 떠올랐다. 그러자 자신도 모르게 웃음이 나왔고, 그 순간 카메라플래시가 터졌다.

*   *   *

미국 분트 본사의 오웬은 지금 일어나고 있는 일을 관심 있게 지켜봤다. 매일 새롭게 올라오는 보고들 하나하나가 기발했다. 그 덕분에 큰 기대 없던 본사에서까지 관심을 보였다.

사실 스페인을 가장 먼저 선택한 이유도 기대가 없었기 때문이었다. 본사 내에서도 곧 있으면 모든 매장이 철수해야 될 상황이라고 판단했는데, 이번 일로 되살아날 기미가 보였다. 게다가 스페인뿐만 아니라 다른 나라에서도 관심을 보이기 시작했다. 그것은 전부 모델로 선택한 박재진과 광고 회사 C AD 덕분이었다. 지금 보고 있는 자료만 해도 전 세계 분트 이미지가 상승한 상태라는 내용이었다.

"우리 이미지가 굉장히 좋군요."
"평등, 자유 등 미국의 이념에 맞는 이미지가 생겼습니다."
"좋아요."

오웬은 조그맣게 박수까지 보냈다. 자신이 추진한 일이다 보니 잘될수록 자신의 입지도 올라갈 것이 분명했다.

"스페인 그 식당 간판은 어떻게 됐죠?"
"그 뒤에 있습니다. 스페인에서는 오늘 아침부터 기사가 나가기 시작했습니다. 아직 미국에서는 기사가 안 나왔습니다. 조금 있으면 나올 겁니다."

오웬은 웃으며 보고서를 넘겼다. 그러자 스페인 신문에 실린 기사들이 보였다. 그 기사들을 보던 오웬이 피식 웃었다.

"볼수록 좋네요. 이러니까 분마가 진짜 히어로가 된 것 같군요."
"네, 맞습니다. 지금 스페인에서 미스터 박 행동 하나하나가

기사가 되고 있습니다."

"휴우, 좋네요. 그럼 내일은 스페인 지점에 가겠군요."

"네, 그렇게 예정되어 있습니다. 그리고 미국에서도 분마 광고를 내보내 달라는 소비자들이 상당히 많습니다."

"일단 스페인부터. 지금도 스페인에서 시간 버느라 고생하고 있잖아요. 조금 더 지켜보죠."

오웬은 웃으며 서류를 덮었다.

*   *   *

며칠 뒤. 한겸은 장 프로에게 스페인에서 난 기사를 전해 들으며 감탄사를 뱉었다.

"대단하시네요. 아주 반응이 폭발적입니다."

"이렇게 반응이 좋을 줄은 몰랐어요."

"마드리드 시민들은 지금 이 상황을 무척 즐기고 있습니다."

옆에서 대화를 듣던 팀원들도 놀란 표정이었다. 광고가 나온 지 불과 며칠밖에 지나지 않았다. 아무리 인종차별 문제로 시선이 집중된 상태에서 광고를 내보냈다고 하나 반응이 너무 뜨거웠다.

며칠 동안은 박재진이 Meloso의 사라진 간판을 보는 사진이 인터넷상에 도배되듯 퍼졌다. 그리고 어제부터는 박재진이 분트에 간 사진이 돌고 있었다. 분트에 간 박재진은 피자 조각을 입에 물며 만족도 스티커를 붙이는 판을 보고 있었다.

쇼프로그램에 나간 박재진은 자신이 분마가 아니라고 했지만, 영웅은 정체를 숨겨야 하는 법이라며 사회자가 웃어넘겼다. 그 모습이 사람들에게 더 재미있게 다가왔다. 혼자서만 정체를 숨기는 영웅, 모른 척해줘야 하는 영웅, 간판 도둑 영웅 등 별의별 별명이 붙은 상태였다. 그렇다고 웃긴 이미지도 아니었다. 식당에 다시 찾아가는 모습을 보여줌으로써 포근하면서도 사람을 생각하는 이미지를 갖게 되었다.

그리고 어제부터 2차 광고가 나가기 시작했다. 광고를 보고 다시 분트를 찾은 사람들이 분트 간판 밑에서 사진을 찍는 상황까지 일어났다. 그런 사람들이 생각보다 많았다. 사진을 찍은 사람들은 다시 SNS에 사진을 올렸다. 그러다 보니 자연스럽게 분트가 광고되고 있었고, 더 많은 사람들에게 노출되었다.

스페인 본사의 매출이 올라가는 건 당연했고, 미국 본사에선 또다른 지역의 광고를 위해 미팅을 하고 싶다는 연락을 보내왔다. 그정도로 스페인은 유행을 넘어 신드롬처럼 분마에 열광했다. 함께 얘기를 듣던 범찬은 서류에 있는 사진을 보며 입을 열었다.

"겸쓰, 이러다가 전 세계에 있는 분트 광고 진짜로 우리가 맡는 거 아니야?"

"지금 반응 보면 그럴 수도 있을 거 같은데."

"헐, 쩐다… 휴. 박재진 씨 사인 받아놓을걸!"

"걸 그룹 아니라고 싫어했잖아."

"이렇게 유명해질 줄 몰랐지. 이 사진 봐. 무슨 교주 같아."

"하하, 박재진 씨를 중심으로 찍어서 그렇지."

한겸은 범찬의 놀란 모습을 보며 피식 웃고는, 옆에서 웃고 있는 장 프로에게 말했다.

"광고 보고 해외에서도 연락 많이 오죠?"

"분마가 유명해지고 있기는 하지만 아직은 없습니다. 이제 곧 오기 시작하겠죠. 연락이 안 와도 문제는 없습니다. 지금 한국만 해도 감당하지 못할 정도로 문의가 오거든요. 물론 분트를 맡고 있으니 다른 걸 맡을 여유가 없어서 문제죠. 아! 기획 팀 말고 저희 사무실이요."

"그렇게 바쁘세요?"

"말도 못 하죠. 저도 광고 회사에서 꽤 오래 일했는데 기획 팀 하나뿐인 회사에서 이렇게 일이 많은 건 처음 봤습니다, 하하."

장 프로의 웃음에 한겸도 미소를 지었다. 그때, 한겸의 휴대폰이 울렸다.

"네, 방 PD님."

—어, 너희 사무실하고 얘기해서 윤 프로님 스케줄 잡아달라고 했다.

"아, 얘기 들었어요. 그런데 휴가 벌써 끝나셨어요?"

—어, 오늘부터 출근했지. 야외에서 더빙하는 게 신경 쓰여서 나왔어.

방 PD는 수정에게 들어서인지 분마에 대해서 따로 묻지 않았지만, 좋아하고 있다는 것이 느껴졌다. 사무실과 끝난 얘기를 직접 전달하려고 전화했을 리는 없었다.

"방 PD님, 분마 인기 엄청 많은 거 아시죠?"

─알지.

"광고 잘 만들었다고 칭찬이 자자해요. 고생하셨어요."

─하하, 안 그래도 우리 애들이 그렇게 인기 많은데 우리 가만 있어도 되냐고 해서 나온 거야. 참, 우리 오늘 간단하게 회식하려고. 너희들 올래?

"저희는 아직 바빠요. 다음에 해요."

─그러든가. 그럼 내일 된다고 하면 바로 연락할게. 수고하고.

한겸은 웃으며 통화를 마쳤다. 그러자 옆에 있던 장 프로가 입을 열었다.

"방 PD님이세요?"

"네. 윤 프로님 더빙 준비됐다고 그러시네요."

"안 그래도 병원에서 허가 났다고 말씀드려야 했는데. 외출이 안 된다고 해서. 비어 있는 병실이 특실뿐이더라고요. 거기도 2시간밖에 안 된다고 하고요. 아무튼 전 내려가서 바로 알려 드려야겠네요. 그럼 보고는 끝났으니까 바로 내려가 보겠습니다."

"감사해요."

장 프로는 웃으며 고개를 끄덕이고는 곧바로 사무실을 나섰고, 사무실에 남은 팀원들은 누가 말하지 않아도 내일 있을 더빙을 위해 준비를 했다.

제2장

색이 보이는 광고

다음 날, 한겸은 윤선진의 병원을 찾았다. 시간이 제한적이었기에 스태프들은 물론이고 윤선진까지 특실에서 대기 중이었다.

"윤 프로님, 물도 좀 드시고 목 좀 푸세요."

포스터에 있는 그대로 녹음을 할 예정이었기에 대본을 만들 필요도 없었다. 윤선진만 제대로 한다면 무척 쉬운 작업이었다. 그때, 준비를 마친 방 PD가 입을 열었다.

"잘될지 모르겠다."
"무슨 문제 있어요?"
"녹음기사가 스튜디오가 아니라서 소리가 좀 울리는 거 같다고 그러네. 우웅, 그러는 느낌? 일단 해보자."

한겸이 고개를 끄덕거리자 스태프들 중 일부는 혹시라도 누가 들어올 걸 대비해 밖으로 나갔고, 한겸은 윤선진의 휠체어를 밀어 구석에 준비된 자리로 이동했다. 그러고는 굳어 있는 윤선진을 보며 말했다.

"이제 저기 감독님이 사인 주시면 말하세요."
"연습 많이 했는데 이상하게 떨리네요."

한겸은 조언이라도 해주려다 말고, 아픈 부분을 건드릴 수 있다는 생각에 잠시 머뭇거렸다. 하지만 이내 고개를 끄덕거렸다. 윤선진이 더빙을 하기로 마음먹은 이유를 알기에 있는 그대로 말하는 게 좋을 것 같았다.

"윤 프로님, 긴장하진 마세요. 그냥 저희 없다고 생각하시고, 남편분한테 하는 말이라고 생각하시고 하세요. 저하고 연습했을 때만큼만 하시면 돼요."
"아, 그래야지요."

표정이 변한 윤선진이 고개를 끄덕거렸다. 자신과 같은 사람들이 없었으면 하는 바람이 담긴 표정이었다. 그때, 제작 팀 녹음기사가 입을 열었다.

"음향 체크하게 아무 말이나 해보세요."

"아무 말이나요?"

"네, 지금처럼 아무 말이나요. 아에이오우."

큰 변화가 없는지 음향감독은 고개를 갸웃거리고선 입을 열었다.

"일단 한번 담아보죠. 확인을 해보고 뒤에 마스터링을 하든지 하는 게 나을 것 같은데요."

"한겸아, 그게 낫겠지?"

한겸이 고개를 끄덕거리자 방 PD가 입을 열었다.

"윤 프로님, 이제 시작하니까 감정 잡으시고요. 감정 잡히셨으면 아무 때나 말씀하셔도 됩니다. 그럼 녹음 들어갑니다."

스태프들은 야외 녹음이다 보니 혹시라도 잡음이 생길까 봐 석상이라도 된 것처럼 움직이지 않았다. 한겸도 뒤로 물러나 윤선진을 물끄러미 쳐다봤다. 윤선진은 포스터를 양손으로 잡은 채 눈을 감고 있었다. 한 5분가량 지났을 때, 윤선진이 입을 열었다.

"나는 음주 운전 가해자의 아내입니다……."

"어후."

"오……."

"누구야, 누가 소리 냈어요! 아, 지금 딱 좋았는데."

한겸은 헛웃음을 뱉었다. 윤선진의 말을 들은 스태프들 중에서 소리가 나와 버렸다. 스태프들은 자신들의 입을 가리며 연신 사과를 했다. 한겸은 충분히 이해되었다. 리허설 겸 연습을 할 때, 한겸도 저 말을 듣는 순간 자신도 모르게 한숨이 나왔었다. 아쉬워하던 음향감독도 같은 느낌을 받았는지 잠시 지적만 했을 뿐 더 이상 스태프들을 나무라지 않았다.

"일단 이거 담아놓고 다시 갈게요. 다들 주의 좀 하시고, 좀 전처럼 감정 잡히시면 아무 때나 시작하세요."

윤선진은 가볍게 웃으며 고개를 끄덕거렸다. 잠시 뒤 윤선진의 입이 다시 열리기 시작했다. 이번에는 스태프들도 소리를 내지 않았다. 다만 소리를 참기 위해 얼굴을 잔뜩 찌푸리고 있었다.

윤선진은 약간 느리다고 느낄 정도의 속도로 한 자, 한 자 또박또박 말을 했다. 한겸은 그런 윤선진의 얼굴을 가만히 바라봤다. 연습할 때보다 더 진심이 담긴 느낌이었다. 윤선진의 표정만 봐도 확실히 감정을 제대로 표출하고 있다는 게 느껴졌다. 말을 하면 할수록 눈시울이 뻘겋게 변하고 있었다. 어느덧 윤선진의 입에서 마지막 부분에 적힌 편지 내용이 나왔다.

"그런데… 그런데도… 왜 난 바보처럼 날 죄인으로 만든 당신이 너무 그리운 걸까요."

윤선진은 감정이 복받치는지 손에 들고 있는 포스터가 구겨질 정도로 주먹을 꽉 쥐었다. 그리고 입술까지 꽉 깨물고 있었다. 한겸은 고개를 끄덕거리며 한숨을 크게 뱉었다. 그러자 옆에 있던 방 PD와 음향감독이 그제야 한숨을 크게 몰아 뱉으며 입을 열었다.

　"어, 죄송합니다. 잠시 쉬죠."

　그제야 한겸은 윤선진에게 다가갔다. 그러고는 꽉 쥐고 있는 윤선진의 주먹에 손을 올렸다.

　"잘하셨어요. 남편분도 들으셨을 거예요."
　"그렇겠지요?"

　윤선진은 표정을 감추기 위해 애써 미소를 지었다. 한겸은 그 미소가 더 안타깝게 느껴졌다.

　"윤 프로님 덕분에 음주 운전 하시는 분들 많이 줄어들 거예요."
　"다행이네요."

　노부부에게 용서받았으니 편하게 지내라는 말까지 하진 않았다. 지금 그 말을 하면 윤선진의 눈에서 당장에라도 눈물이 흐를 것 같았다. 그리고 자신이 말을 하는 것보다 노부부와의 만남을 통해 스스로 느끼는 것이 나을 거라 판단했다. 그때, 녹음 확인을 하던 방 PD가 한겸을 불렀다.

"김 프로, 이거 들어봐."

한겸은 윤선진의 손을 한 번 꼭 쥐고선 몸을 일으켰다. 그러고는 방 PD에게로 자리를 옮겼다.

"잘됐어요?"
"어, 들어봐."

방 PD는 한겸에게 헤드셋을 넘겨주었다. 그러고는 녹음한 파일을 재생시켰다. 한겸은 헤드셋을 통해 들리는 윤선진의 목소리를 말없이 감상했다. 한참 지난 뒤 한겸이 헤드셋을 벗자 방 PD가 곧바로 질문을 했다.

"후우."
"어때? 장난 아니지?"
"네. 실제로 듣는 거보다 더 느낌이 묘한데요."
"좀 뻥 뚫린 곳에서 해서 그런가? 스튜디오에서 담는 깔끔한 느낌보다 약간 울리는 느낌이지?"
"네. 그런 데다가 윤 프로님 감정도 느껴져서 그런지 목소리만 들어도 굉장히 공허한 느낌이네요."

"그래! 맞아! 공허함. 그리워하면서도 공허한 느낌. 느낌 진짜 묘하네."

옆에 있던 음향감독도 고개를 끄덕이며 대화에 끼어들었다.

"이거 건드리는 게 더 안 좋을 거 같은데요. 그냥 이대로 쓰는 게 가장 좋을 거 같아요."

한겸은 고개를 끄덕거리며 입을 열었다.

"일단 저희가 먼저 확인하고 수정할 부분 있으면 수정 좀 부탁드릴게요."
"네, 그러세요."
"녹음된 거 바로 보내주실 수 있죠?"
"네, 뭐 작업을 안 하니까 바로 보내 드릴 수 있죠."
"바로 작업할 수 있게 방 PD님한테 좀 보내주세요."

한겸은 방 PD를 보며 말을 이었다.

"바로 회사 가시죠?"
"같이 가려고?"
"네, 저번에 범찬이하고 작업했던 대로 작업해 주시면 돼요. 오래 안 걸릴 거 같으니 오늘 확인하는 게 좋을 거 같은데요."
"그래, 그럼. 어차피 녹음도 빨리 끝나서 시간도 남았는데.

가자."

방 PD는 스태프들에게 장비를 정리하라고 지시했고, 한겸은
다시 윤선진에게 다가갔다.

"고생하셨어요."
"벌써 끝이에요?"
"네, 윤 프로님이 잘해주신 덕분에 잘 끝났어요."
"다행이네요."
"이제 편하게 쉬세요."

윤선진은 가볍게 웃으며 고개를 끄덕거렸고, 한겸은 그런 윤선
진의 얼굴을 확인하고선 자리에서 일어났다.

*   *   *

Do It 프로덕션으로 자리를 옮긴 한겸은 직원인 중일의 옆에
자리했다. 중일은 한겸과 작업해 본 경험이 많아서인지 작업을
하면서도 계속 확인을 했다.

"섀도 없이 이렇게 맞죠?"
"네, 네. 일단 녹음 파일이 와야 하니까 이렇게만 해두면 될
거 같아요."
"휴, 생각보다 빨리 끝났는데요?"

그동안 자신이 얼마나 많은 요구를 했는지 스스로도 알고 있었던 한겸은 놀란 표정의 중일을 보며 피식 웃었다. 오늘 작업은 이미 색이 보이는 포스터가 기반이었기에 간단하게 마무리 지을 수 있을 터였다. 그때, 통화를 하던 방 PD가 다가왔다.

"파일 보냈대. 김 프로 말대로 맞춰가면서 하는 게 낫겠지?"
"벌써요?"
"건드릴 게 없으니까 그냥 보냈지."
"그럼 더빙 넣고서 해요. 몇 초예요?"
"14초 좀 넘는다던데."

한겸은 고개를 끄덕이고선 잠시 뒤로 물러났다. 잠시 뒤, 중일이 다시 한겸을 불렀다.

"다 됐어요. 이제 맞추면 될 거 같은데요? 일단 시작을 맞춰볼게요. 딱 1초부터 시작이네요."

중일은 영상에 맞춰 녹음 파일을 재생했다. 그때, 한겸이 고개를 갸웃거리며 얼굴을 앞으로 내밀었다.

"왜 그러세요?"
"잠시만요. 앞으로 돌려주세요."
"지금 앞인데요? '나는'밖에 안 했는데."

"처음으로요."

중일은 화면을 처음으로 돌렸고, 한겸은 다시 모니터를 뚫어
져라 쳐다봤다.

"어?"
"뭐 문제 있으면 말씀하세요."
"아니에요. 이거 왜 보이지?"
"뭐가요?"

한겸은 스스로도 답답했다. 글자가 모두 적혀 있는 것이 아니
었기에 완성된 광고가 아니었다. 그런데도 색이 보였다. 보통 영
상은 처음에 대부분이 회색이었기에 자신의 착각일 수도 있었
다. 그런데 다시 확인해 보니 정말 색이 보였다. '나는' 다음에
'음주 운전'이 나올 때는 회색으로 돌아갔기에, 앞부분에 색이 보
였다는 것을 확신했다.

한겸은 약간 들뜨기까지 했다. 앞부분에 색이 보이는 이유를
찾는다면 광고 전체에 색이 보일 수도 있을 것 같았다. 그리고
지금 작업에서 수정할 것은 하나뿐이었다. 일단 한겸은 좀 더
확인을 하기 위해 광고를 처음부터 살폈다. 몇 번이나 돌려보고
난 뒤에야 한겸은 확신에 찬 얼굴로 고개를 끄덕거렸다.

"이거 글자 나오는 속도하고 윤 프로님 말하고 완전 딱 맞춰주
세요."

"지금도 대충 맞지 않아요?"

"조금 안 맞는 부분이 있거든요. 윤 프로님이 말하는 속도하고 글씨 새겨지는 게 완전 일치하게 해주세요."

"어우… 금방 끝날 줄 알았는데. 그럼 일단 녹음 파일 초부터 해야겠네요. 잠시만요."

중일은 녹음 파일을 살피기 시작했고, 한참이 지나서야 입을 열었다.

"뒤에 소수점 자리까지 안 해도 되죠? 그건 좀 오버인데."

"일단은 한 자리까지만 해주세요."

"음, 그럼 음주 운전은 0.4, 0.4, 0.3, 0.7초고, 묶음 처리 2.1초, 그 뒤에 이어지고. 이거 쉬울 줄 알았더니 작업이 장난 아닌데요? 대충 맞아도 될 거 같은데."

"아니에요. 꼭 맞춰주세요."

그 모습을 보던 방 PD는 피식 웃으며 입을 열었다.

"김 프로, 중일이한테 맡기고 이리 와 있어. 자꾸 신경 쓰느라고 더 오래 걸리잖아."

한겸은 미안한 마음에 머쓱하게 웃을 뿐 자리에서 일어나지 않았다. 그때, 중일이 확인해 보라는 말과 함께 작업 파일을 재생시켰다.

—나는 음주 운전…….

"어, 보인다."
"뭐가요? 김 프로님 그럴 때마다 무서워요."
"이 뒤에 가해자의 아내입니다, 이것도 맞춰주세요. 지금 한 것처럼."

한겸은 침을 꿀꺽 삼켰다. 지금까지 봤던 수많은 영상광고 중 전체에서 색이 보이는 광고는 단 하나도 없었다. 아무리 유명하고 잘 만든 광고라고 해도 어느 부분은 회색으로 보였는데, 윤선진의 포스터로 만드는 광고는 광고 전체에 색이 보일 것 같았다. 그러다 보니 가슴까지 두근거릴 정도로 설레었다.

"계속하죠."

작업이 계속되었다. 조금이라도 속도가 맞지 않으면 옆에서 한겸이 지적을 하고 있었기 때문에, 오래 걸릴 수밖에 없었다.

"잠시만요! 여기 매일매일, 여기 틀렸어요. 다시 확인 좀 해주세요."
"아니, 김 프로님은 도대체 어떻게 아는 거예요? 신기하네."

한겸이 지적한 부분을 확인하면 확실히 약간의 차이가 있었다. 보통 사람이라면 차이를 못 느꼈을 텐데 한겸은 미세한 부분까지 정확히 지적했다. 그러다 보니 프로덕션 직원들은 한겸을 신기하게 쳐다봤다. 잠시 뒤, 마지막 대사인 '그리운 걸까요'를 끝으로 작업이 끝났다.

"처음부터 확인해 봐요."

작업이 완료된 영상을 처음부터 재생시켰다. 한겸은 눈도 깜빡이지 않고 영상을 쳐다봤다. 곧 영상이 끝이 났다. 첫 부분 1초를 제외하고는 모든 부분에서 색이 보였다. 한겸은 영상이 끝이 났음에도 모니터에서 눈을 떼지 못했다.

＊　　　　＊　　　　＊

화면을 보던 한겸은 환하게 웃었다. 비록 자신이 만든 것이 아니긴 했지만, 앞부분 1초를 제외한 모든 부분에서 색이 보이는 광고는 처음이었다. 지금까지 내로라하는 광고들도 이 정도로 색이 보인 적이 없었다. 그렇다 보니 표정이 들떠 있을 수밖에 없었다. 한겸은 매우 만족한 표정으로 입을 열었다.

"더 안 건드려도 될 거 같아요. 이대로 바로 마무리하죠. 음악도 넣을 필요 없어요."

옆에서 한겸의 들뜬 표정을 보던 방 PD는 피식 웃으며 입을 열었다.

"신기하네."

"그렇죠? 진짜 말 속도에 글자만 따라서 넣었을 뿐인데 느낌이 진짜 좋아요."

"그거 말고. 김 프로 말이야."

"저요? 제가 왜요?"

"부럽지 않아? 이 광고 말이야. 사실 윤 프로님이 전부 만든 거나 다름없잖아."

그 말을 들은 한겸은 가볍게 웃었다. 방 PD의 말처럼 오롯이 윤선진의 작품이었다. 하지만 부럽다는 느낌은 없었다. 부럽다는 느낌보다는 앞으로 자신이 어떤 방향으로 나아가야 할지 배울 수 있는 계기가 되었다. 한겸은 미소가 가득한 표정으로 입을 열었다.

"전 총괄 기획이잖아요. 세상에 나오지 못했을 수도 있는 광고를 알아보고 제작까지 했잖아요. 그게 AE 역할이고요."

"그렇긴 하지. 그래도 부러워할 줄 알았는데 마인드가 참 어른스러워."

"부럽기는 하죠. 저도 나중에 많은 사람들이 좋아하고 공감할 수 있는, 그런 광고 만들 거예요."

한겸이 미소를 지으며 말했고, 방 PD는 그런 한겸을 보며 기분 좋은 미소를 지었다. 한겸은 여전히 설레는 표정으로 자리에서 일어났다.

"두 분 다 밤늦게까지 고생하셨어요. 저 이만 가볼게요. 이건 이대로 보내주세요."
"뭐 이렇게 갑작스러워. 밥이나 좀 먹고 가."

한겸은 웃으며 프로덕션 문을 열었다. 자신이 만든 포스터 중에도 색이 보이는 것들이 상당히 많으니, 돌아가서 영상처럼 만들어볼 생각이었다.

"아무튼 연락드릴게요."

　　　　　*　　　　　*　　　　　*

다음 날. 회사로 출근한 한겸은 그동안 만들었던 포스터들을 하나하나 살폈다. 하지만 아무리 살펴봐도 윤선진의 포스터처럼 색이 보일 것 같은 느낌은 들지 않았다. 그 이유는 윤선진처럼 자신이 느낀 대로 적어볼 경험이 없다는 것이었다. 상품을 광고하는 포스터도 제품 소개 말고는 마땅히 적을 문구가 없었다. 그러나 윤선진의 포스터는 다른 포스터들과 달랐다.

"진짜 어렵구나."

한겸의 혼잣말을 들은 범찬이 의자를 끌고 오며 말했다.

"겸쓰, 왜 또. 뭐 하는데 아침부터 중얼거려? 내가 도와줘?"
"하하, 그냥 윤 프로님 광고처럼 만들 수 있나 해보고 있어."
"윤 프로님 광고? 어제 더빙했는데 벌써 나왔어?"
"아, 어제 방 PD님하고 같이 작업했거든. 조금 이따 보내주신
다고 했으니까 그때 확인하자."
"같이하지! 그런데 이미 다 나온 포스터를 뭐 하러 봐. 그거
수정 안 돼."
"그냥 보는 거야."

범찬은 고개를 내밀며 한겸이 보고 있던 인쇄된 포스터들을 쳐
다봤다. 그러고는 포스터와 한겸을 번갈아 보더니 입을 열었다.

"이거로 영상광고 만들려고? 윤 프로님 포스터처럼?"
"아닌데? 그냥 공부하는 중이야."
"공부는 무슨! 너 표정 보니까 광고 완전 잘 나온 거 같은데.
이것도 그렇게 할 생각 아니야?"

한겸은 피식 웃고선 입을 열었다.

"이거랑 그거랑 완전 달라. 윤 프로님 광고는 20년 동안 담아
두고 있던 걸 표현한 거잖아. 20년 동안 응어리진 걸 담아낸 거
라서 제품 광고하고는 비교하기가 힘들지."

"음, 하긴 그렇지. 세월로 쌓인 경험을 무시할 수 없지. 원래 오래 묵힐수록 진해지니까. 된장도 그러잖아."

"하하, 왜 갑자기 된장이야."

"된장이 왜? 오래된 된장은 약으로도 쓰인다. 너 20년 묵은 된 장 먹어봤어? 그거로 된장찌개 끓여 먹으면 어떻게 되는지 알아?"

"모르지. 어떻게 되는데?"

"맛있겠지."

"넌 진짜."

한겸이 고개를 저었고, 대화를 듣던 종훈은 피식거리며 웃었다. 출근해서부터 지금까지 말이 없던 수정도 한겸과 마찬가지로 고개를 저으며 말했다.

"최범찬은 제정신이 아니야."

"아침부터 똥 씹은 표정이더니 내 말에 반응하는 거야? 푸하하, 그만큼 재미있었어?"

수정은 고개를 젓더니 한겸을 보며 입을 열었다.

"나 어제 그 광고 봤어."

"봤어? 어땠어?"

"포스터하고 볼 때랑 느낌이 달랐어. 좋더라. 그런데 넌 진짜 신기한 거 같아."

갑작스러운 말에 한겸은 의아한 표정을 지었다. 그러자 수정이 한숨을 뱉으며 입을 열었다.

"난 그 광고 보고 약간 충격받았어. 우리 아빠가 그러더라고. 이제 시작하는 회사에서 이런 좋은 광고를 만드는 건 좋을 수도 있고, 나쁠 수도 있다고."

"음? 왜?"

"그런 광고를 만들게 되면 보는 눈이 올라간대. 그런데 그만큼 제작하는 것에도 만족하지 못한대. 그러다가 보는 눈은 저 위에 있는데 제작물은 못 따라가는 일이 생겨서 슬럼프가 오는 거래. 그런데 넌 아닌 거 같아서."

한겸은 수정이 왜 지금까지 굳은 표정이었는지 이해했다. 만약에 자신도 색이 보이지 않았더라면 수정과 같은 생각을 했을 수도 있을 것 같았다.

"나도 그런 광고는 못 만들 거 같은데. 그런 일을 겪은 사람 중 광고 일을 하면서 자기가 직접 그림을 그릴 수 있는 사람이 몇이나 될까? 그것도 20년이나 그런 삶을 살면서."

"없지."

"그러니까 그렇게 생각해야지. 우리는 그런 경험을 하지 않았으면서도 가까이서 윤 프로님의 광고를 제작한 덕분에, 누구보다 더 많이 배울 수 있었던 거 같거든. 그게 사실이고. 그렇게 생각하는 게 맞는 거 같은데. 너무 부담 갖지 마. 포스터를 미디어 광고로 만들 계획을 짠 건 우리잖아."

"그냥 조금 답답했어. 왜 학교를 다녔던 건가 하는 생각도 들고, 광고계에 왜 전공자가 아닌 사람들이 많은지도 이해됐고."

수정은 한숨을 크게 내쉬며 입맛을 다셨고, 한겸은 그런 수정을 보며 미소 지었다. 그때, 플랜 팀의 직원들이 사무실로 들어왔다.

"어, 연 프로님."

"네, 안녕하세요. 대표님 바쁘셔서 저희만 왔어요. 지금 시간 되시죠?"

"네, 앉으세요. 방 PD님이 영상 보내셨어요?"

"네, 그거 보고 회의하려고 왔습니다."

한겸은 웃으며 직원들을 자리로 안내했다. 사무실에서 온 직원들과 플랜 팀까지 자리하자 사무실이 약간 비좁게 느껴졌다.

"연 프로님은 영상 보셨어요?"

"전 봤고요. 사무실 팀은 못 봤어요. 지금 같이 보여 드리려고요."

팀원들도 아직 완성된 광고를 보지 못했기에 한겸은 웃으며 고개를 끄덕거렸다. 그러자 연 프로가 들고 온 노트북을 펼치며 입을 열었다.

"윤 프로님 말이 귀에 때려 박히는 느낌이라서 좀 소름 돋더라고요. 한 번 보고 저희가 짜 온 계획 설명할게요."

연 프로는 곧바로 영상을 재생했고, 사무실에는 영상 속 윤선진의 목소리가 울려 퍼졌다. 잠시 뒤 영상이 끝났다. 하지만 누구 하나 먼저 말을 뱉는 사람이 없었다. 그때, 범찬이 숨을 크게 뱉으며 입을 열었다.

"목소리만 넣었는데 가슴이 먹먹하네."
"저도요. 이게 무슨 느낌이지. 짠하기도 하고 불편하면서도 막 답답한 느낌인데."
"그렇죠? 이거 따라 나오는 글씨 때문에 더 집중하게 되네."

직원들의 반응을 보던 한겸은 만족스러운 듯 웃었다. 그때, 먼저 보고 온 연 프로가 입을 열었다.

"메시지가 너무 강하더라고요. 만약에 정부에서 미는 캠페인이 아니었으면 이거 심사에서 빠꾸 먹었을 거 같아요. 그래서 편성하는 데도 애 좀 먹었어요."

다들 고개를 끄덕이며 동의했고, 연 프로는 플랜 팀에서 짜온 계획을 이어나갔다.

"미디어 광고라서 IPTV와 공중파에 내보내려면 예산이 빠듯해요. 지금부터 1월 초까지 약 4개월 동안 진행되고요. 12월 연말에 음주 운전 단속도 가장 많고 가장 술도 많이 마시니까 그때 집중적으로 내보내게 될 거 같아요. 그 전에는 바로 편성해야 하니 광고 안 붙은 프로에 우선적으로 넣을 것 같고요. 그리고 음주 운전 비율에 차이가 있다 보니 IPTV는 아무래도 30대부터 50대 남성이 많이 보는 프로그램 위주로 편성하게 될 것 같습니다."

경력이 있어서인지 플랜 팀에서 짜 온 계획이 상당히 마음에 들었다. 그 뒤로도 연 프로의 설명은 이어졌고, 한참이 지나서야 끝이 났다.

"이상 이렇게 진행될 것 같은데요. 수정할 부분이 있을까요?"
"괜찮은 거 같아요. 그런데 여기 보면 지상파는 대부분 드라마 앞이나 중간인데, 남자들도 드라마를 많이 보나요?"
"IPTV라면 모를까 지상파에서는 그 시간대에 볼 게 없거든요."

한겸도 동의하듯 고개를 끄덕거렸다.

"그럼 이대로 진행하면 되겠네요. 샤인에서 오케이하면 바로 나가죠?"
"네, 바로 나가죠."
"잘 부탁드려요."

한겸이 만족스러운 미소를 지으며 회의를 마치려 할 때, 사무실 직원이 손을 번쩍 들었다.

"임 프로님, 무슨 하실 말씀 있으세요?"
"네! 아까 올라오기 전에 대표님이 꼭 말하라고 한 게 있어서요. 다음 주 분트에서 오웬 씨가 우리 회사에 방문할 예정이랍니다."
"미팅이요?"
"네, 분마 다음 나라 어떻게 해야 할지 계획을 듣고 싶은 모양이더라고요."
"너무 빠른데."
"스페인에서 반응이 너무 좋다 보니까 기세를 몰아서 이어나가고 싶어 하더라고요. 원래 이번 주에 온다는 거, 대표님이 기획 팀 지금 정신없다고 미루셨어요."

한겸은 우범을 생각하며 피식 웃었다.

"대표님은 어디 가셨는데요?"
"지금 저희 홈페이지에 등록된 전문가분 만나러 가셨습니다. 메신저 개발하는 회사인데 광고 문의를 하셨거든요. 대표님이 회사와 인연이 있는 분이라고 직접 미팅 가셨어요."

회사에서 우범이 가장 바빴기에 한겸은 고개를 끄덕거리며 팀원들을 봤다. 그러자 팀원들은 별 걱정 없다는 표정으로 어깨를 으쓱거렸다. 그중 미리 조사를 해둔 수정이 입을 열었다.

"미국은 매장 수가 너무 많고 유럽은 너무 적어. 이번에 유럽 했으니까 아시아가 적당한 거 같아."

"그럼 대만?"

"대만은 우리나라보다 매장 수가 두 배 많고 인지도도 좋은 편이라서 훔칠 것만 생각하면 돼."

"하하, 누가 들으면 꼭 뭐 훔칠지 작당하는 거 같겠다."

"사실이잖아. 그런데 대만은 인지도는 좋은 편이라서 광고만 잘 만들면 효과 좋을 거 같은데, 뭐 훔칠 게 없다는 게 문제야."

한겸이 피식 웃을 때, 사무실 직원이 입을 열었다.

"저희도 대만이 가장 적당한 것 같다고 생각했습니다. 저희는 광고가 실패할 상황도 생각하고 고르다 보니, 인지도가 높은 나라에서 하는 편이 좋을 것 같다는 의견이 나왔습니다."

"네, 일단 생각해 볼게요. 어떤 나라가 됐든 큰 틀은 바뀌지 않으니까 괜찮을 거 같아요. 분트에서 자료 받아다 주실 수 있으시죠?"

"네, 가능합니다! 고객센터에서 문제 되는 거 말씀하시는 거죠?"

한겸은 웃으며 고개를 끄덕거렸다. 확실히 많은 사람들이 함께하다 보니 일이 수월하게 진행되었다.

*   *   *

며칠 뒤. 윤선진의 광고를 본 샤인 측에서도 무척이나 만족했다. 윤선진을 모델로 썼을 때의 그림을 보진 못했지만, 보지 않아도 이것보다 나을 수 없을 것 같다며 극찬을 하고 돌아갔다. 함께 자리에 있던 우범도 팀원들에게 박수를 보낼 정도로 만족해 했다.

"다들 고생했다."
"대표님도 고생하셨어요."
"훗, 그럼 이제 공익광고는 기다리기만 하면 되고, 분마는 어떻게 됐는지 들어보자."

우범의 말이 끝나자 수정이 기다렸다는 듯이 입을 열었다.

"사무실 직원분들하고 회의해 본 결과 대만이 가장 적당한 것 같아요. 한국과 스페인에서 모험을 했으니까 한 번은 안정적이어야 하거든요. 그래서……."

수정이 말을 할 때, 갑자기 플랜 팀 연 프로가 사무실 문을 벌컥 열었다.

제3장

안녕, 분마

　사무실로 들어온 연 프로는 숨을 헐떡거리며 사무실을 한 번 둘러본 뒤 우범을 보고 입을 열었다.

　"스페인 게재 대행사에서 연락이 왔는데, 우리 광고 권고 조치 받았다는데요!"

　우범은 의아한 표정으로 연 프로를 쳐다봤다.

　"그게 무슨 말이죠? 천천히 말씀해 보시죠."
　"분마요! 스페인 광고 협회한테 분마 광고 중단하라고 권고 조치 받았대요."
　"음? 그럴 리가요. 우리한테 아무런 연락도 없었습니다."

"게재 대행사에 먼저 연락이 가고 분트에 연락했을 겁니다. 한 번 확인부터 좀 해보세요."

연 프로의 말을 들은 팀원들은 모두 우범을 쳐다봤고, 우범은 인상을 찡그렸다. 그러고는 곧장 휴대폰을 꺼내 스페인어가 가능한 사무실 직원을 불렀다.

"장 프로님 기획 팀으로 올라오시고, 사무실 직원들은 하던 일 놓고 지금 스페인에서 분마로 인해 일어나는 일 알아보세요."

잠시 뒤 장 프로가 급하게 기획 팀 사무실로 올라오자 우범이 말을 꺼냈다.

"지금 스페인에서 우리 광고에 대해 연락 온 거 있습니까?"
"아니요. 아무것도 없는데요. 지금 스페인 아침일 텐데."
"스페인 게재 대행사에 권고 조치가 내려왔다고 합니다. 아직은 권고라서 법적으로는 문제가 없겠지만, 그 이유를 알아야 대처를 하니 서둘러 알아보십쇼."
"네."

장 프로는 컴퓨터 앞에 앉아 곧바로 스페인 기사들을 훑기 시작했다. 그 모습을 보던 한겸은 자신들이 만든 분마가 왜 권고 조치를 받았는지 팀원들과 의견을 나눴다.

"아무리 생각해도 문제가 없는데. 광고라고 명시했고, 심사도 통과됐고, 게다가 TV도 아니고 인터넷이잖아. 그런데 뭐가 문제일까?"

"혹시 분트가 너무 잘되니까 다른 마트들이 압력 넣은 거 아니야?"

"그 정도는 아니야. 분트 매장이 많은 것도 아니고 스페인에서 딱 한 곳밖에 없는데. 그럴 정도는 아닌 거 같아."

"그럼 뭐가 있지?"

팀원들도 마땅히 이유가 떠오르지 않는 눈치였다. 스페인 기사를 살피던 장 프로 역시 큰 문제가 없는지 의아한 표정이었다. 그렇게 한참이나 지났을 때 장 프로가 고개를 갸웃거리며 입을 열었다.

"음? 이거 때문인가?"

"그게 뭡니까?"

"마드리드 지역 신문에 난 기사인데. 보통 권고 조치를 받는 건 사회적으로 양극화를 조장하거나 선정적일 때거든요. 그러다가 재심사 들어가는 게 순서입니다. 그런데 우리는 아무런 문제도 없으니 이거 말고는 문제가 없어 보여요."

"그러니까 그게 뭔지 설명해 주시죠."

"아! 여기가 마드리드에 있는 잡화점 같은데. 누가 간판을 훔쳐 갔다네요. 그리고 여기 이 사진이 훔쳐 간 사람이 남겨놓은 편지거든요. 뭐라고 적혀 있냐면 음, '여행객들을 상대로 물건을

비싸게 팔지 마라. 제대로 이행한다면 간판을 돌려주겠다' 이런
내용이네요."

"음……."

장 프로의 말을 듣던 한겸은 헛웃음을 뱉었다. 아무래도 저
이유 같았다. 설마 광고를 보고 따라서 간판을 훔칠 거라고는
전혀 생각해 보지 못했다. 우범도 당황스러운지 헛웃음을 뱉
었다.

"이건 전혀 예상 밖이군. 인기가 너무 많은 것도 문제였어."

한겸도 같은 생각이었는지 고개를 끄덕거리며 입을 열었다.

"그냥 권고니까 다른 문제는 없겠죠?"

"없을 거다. 사회적으로 문제가 될 수 있다 보니 권고 조치를
내린 거겠지. 그리고 분트와 약속한 기간도 이틀만 채우면 된다.
계약서대로 이행했으니 문제는 없을 거다."

"이틀 정도 버티는 건 문제없죠?"

"그래."

"그건 다행이네요."

"그렇지. 후, 이걸 좋아해야 하는 건지 아닌지 알 수가 없군."

스페인에서 인기가 많다 보니 생긴 일이었다. 다만 한국처럼
보고 즐기는 걸로 만족하지 않고 따라 한 것이 문제였다. 대화

를 듣던 팀원들도 똑같이 느꼈는지 고개를 끄덕였다. 그때, 사무실 직원이 올라왔다.

"알아보셨습니까?"
"네, 미국에 기사가 꽤 나왔더라고요. CNC 뉴스에도 나왔습니다. 크게는 아니고 해외 토픽으로 올라왔습니다. 다들 재미있어하는 분위기입니다."
"음, 그럼 시작도 하기 전에 이슈가 되겠군요."
"그렇겠죠? 오히려 괜찮을 것 같습니다."

우범은 고개를 끄덕거리며 한겸을 봤다. 그런데 한겸의 표정이 좋지 않았다. 한겸은 사무실 직원을 보며 급하게 물었다.

"혹시 대만에도 기사 나왔어요?"
"시간이 없어서 다는 못 찾아봤는데 미국에서 나온 기사를 그대로 옮긴 건 있습니다."
"기사나 영상 좀 보여주세요."

우범과 팀원들은 광고를 그만 내려야 하지만 이미 얻을 건 다 얻은 상태고 저절로 유명해지고 있으니 좋은 소식이라고 생각했다. 하지만 한겸은 무척이나 심각한 표정으로 사무실 직원 옆에서 모니터를 뚫어져라 쳐다봤다.

"겸쓰, 왜 그래?"

"잠깐만. 일단 기사부터 좀 보고."

그사이 직원이 대만 뉴스에서 소개된 영상을 재생했다. 중국 어를 알진 못했지만, 다행히 영어로 된 자막이 있었다. 한겸은 그 자막을 뚫어져라 쳐다봤다.

뉴스는 한 기업의 광고에 나오는 내용을 스페인 시민이 따라 하는 해프닝 정도로 소개하는 것이 다였다. 상표명을 모자이크 로 가리긴 했지만, 누가 봐도 분트였다. 영상을 모두 본 한겸은 급하게 고개를 돌려 우범을 쳐다봤다.

"광고 내리라고 권고까지 받았다면 이런 일이 한두 건은 아니 겠죠?"

"그렇겠지."

"스페인 분트에 한번 물어봐 주세요."

우범은 곧바로 분트 관계자에게 전화를 걸었다. 그리고 통화 가 연결되자 인사를 하고는 본격적인 대화에 앞서 스피커폰으로 바꾸고선 테이블에 내려놓았다.

—지금 매출은 전과 비교할 수 없을 정도로 늘었습니다. 광고 하나로 고객을 이렇게까지 늘릴 거라고는 생각도 못 했습니다, 하하.

"다행이군요. 그런데 스페인에 분트 말고 간판을 훔쳐 가는 사례가 있습니까?"

―그렇죠. 마드리드에 있는 축구장 의자도 뽑아 가질 않나 쇼핑몰 안내판을 훔쳐 가질 않나, 별의별 사람들이 다 있습니다. 그래서 시에서도 광고를 좀 내려달라고 한 거고요.

"그렇군요. 그럼 분트에 피해가 가는 경우는 없습니까?"

―아직까지는 없습니다. 시에도 이틀 뒤에 광고를 내린다고 미리 알려준 상태고요. 저희는 3개월까지 지금 상태의 매출이 유지될 거라고 분석했습니다. 그 고객들을 유지하는 건 저희 몫이니까요. 그런데 광고 때문에 연락하신 겁니까?

"게재 대행사에서 연락이 와서 자세히 알기 위해 연락했습니다."

―아, 그렇군요. 걱정하지 않으셔도 될 문제 같아서 연락을 안 드린 겁니다.

관계자의 목소리는 무척이나 밝았다. 분트의 매출과 인지도가 상승했으니 당연한 일이었다. 게다가 분트의 캐릭터가 되어버린 분마가 대단한 인기를 끄는데 싫어할 리가 없었다. 팀원들은 알아들은 내용을 서로 얘기해 가며 통화 내용을 유추했고, 통화를 마친 우범은 한겸을 쳐다봤다.

"문제없다."

우범의 말을 들은 한겸은 고개를 저으며 심각한 표정으로 말했다.

"있어요."

"스페인 관계자가 없다고 했는데 무슨 문제가 있지?"

"지금 스페인에서는 없다고 해도 다른 곳에서는 문제가 생겨요."

한겸의 말을 가만히 생각하던 우범은 무언가 떠올랐는지 이내 얼굴을 찌푸렸고, 아직까지 눈치채지 못한 팀원들은 두 사람을 번갈아 쳐다봤다. 그때, 한겸이 입을 열었다.

"지금 분트가 있는 곳에서 광고를 하기도 전에 관심을 보이고 있는 게 문제예요."

"그렇지. 간판을 훔치는 것도 문제군."

"맞아요. 범죄를 유발시킬 수 있다는 게 가장 큰 문제예요. 이미 스페인에서 이런 일이 생겼고, 분명 앞으로도 더 많은 일들이 일어날 거예요. 다른 나라라고 없으리라는 법은 없거든요. 범죄 유발하는 광고에 대해서 심의가 까다로운 미국은 심사 통과가 안 될 게 확실하고요."

"다른 나라들도 마찬가지겠군."

한겸은 고개를 끄덕거렸다. 그러자 옆에 있던 팀원들도 그제야 알아채고선 입을 열었다.

"한겸아, 그럼 다른 방향으로 하는 건 어때?"

"우리나라하고 비슷한 치안 상태인 곳으로 바꾸면 되지 않을까?"

"겸쓰! 그럼 우리 다른 나라 광고 못 해? 내 한강 뷰는!"

팀원들은 동시에 말을 내뱉었고, 한겸은 그 질문들에 대한 답을 하나씩 꺼내놓았다.

"사람들이 분마를 좋아하는 건 자신들이 하지 못했던 것들, 그러니까 자신들의 말에 귀 기울여 주지 않던 대기업을 상대로 벌을 주고 반성하게 하는 역할이라서인데 그걸 바꾸면 사람들이 좋아할까요? 물론 방향을 조금 바꿔서 할 수는 있겠죠. 그럼 기존의 나라하고 차이가 생기잖아요. 안 좋아할 것 같아요."

"듣고 보니 그러네."

"그리고 수정이가 말한 것도 문제야. 이미 간판이나 다른 물건을 훔친 예가 있는데 치안이 좋은 나라라고 해서 심사를 통과시켜 줄까? 일단 해보지 않으면 모르겠지만, 내 판단으로는 안 될 거라고 생각해. 무엇보다 같은 일이 발생했을 때 시민들이 누구를 탓하게 될까."

"분트를 탓하게 되겠네."

"맞아. 특히 미국 같은 경우는 분트를 상대로 소송까지 걸 수 있을 거야."

"네 말 듣고 보니까 차라리 스페인에서 끝나는 게 다행인 거 같네. 미국 500개나 되는 매장에서 저런 일 생겼으면 감당하지 못할 수도 있으니까. 그럼 결국 분마를 만든 우리한테 불똥이 튀겠고."

한겸은 고개를 끄덕거렸다. 그러고는 우범과 사무실 직원들을 쳐다본 뒤 마지막으로 범찬을 보며 말했다.

"추후에 다시 하게 될 수도 있지만, 지금은 여기서 끝내는 게 맞는 것 같아. 한강 뷰는 주택 청약 열심히 들어봐."
"그냥 농담이지. 뭘, 또 그렇게까지."

한겸은 피식 웃고선 우범을 보며 말했다.

"분트나 우리나 서로 문제가 될 수 있을 것 같아요. 분트 이미지가 나빠질 수도 있고, 그 문제를 우리가 책임져야 할 수도 있고요. 그래서 분마는 당분간 안 하는 편이 나을 것 같아요. 괜찮을까요?"
"일단 확인부터 해보고 결정하지. 네 말대로 될 가능성이 조금이라도 있다면 안 하는 쪽으로 진행하마."
"분마 광고를 안 해도 회사 운영에 문제없겠죠?"
"없다. 지금 들어온 광고만으로도 차고 넘치는 중이다. 일단 내일모레 오웬 씨하고 미팅부터 확인해 봐야겠군."

우범은 숨을 깊게 들이마셨다. 분마 광고를 문제없이 계속 이어나갈 수 있었다면 C AD가 안정적으로 성장할 수 있었는데 그렇지 못하게 되자 아쉬운 마음이 들었다. 하지만 잘못하면 C AD가 위험해질 수도 있는 상황이기에 밀고 나갈 수도 없었다. 우범은 아쉬움에 입맛을 다시고선 입을 열었다.

"그럼 내려가서 확인부터 해보마. 가죠. 장 프로님, 임 프로님?
뭐 하고 계십니까? 안 가십니까?"

"아! 죄송합니다! 회사 입장에서는 굉장히 큰일인데 너무 쉽게
포기하는 게 신기해서 그만."

"저도… 신기해서요."

"뭐가 말이죠?"

"김 프로님이 말한 것처럼 될 것 같아서요. 단면만 보고 어떻
게 먼 미래까지 예상하는지 신기하네요. 그런데 그게 또 틀린 말
은 아니라서……."

"확인해 보고 결정합시다. 가시죠."

우범은 사무실 직원들을 데리고 돌아갔고, 사무실에 남은
한겸은 깊은 한숨을 뱉었다. 한겸도 객관적으로 말을 하긴 했
지만, 아쉽기는 마찬가지였다. 그때, 옆에 있던 범찬이 입을 열
었다.

"조금 아쉽다."

"한강 뷰 아파트가?"

"아니, 분마 말이야. 우리 C AD가 전 세계에서 유명해질 수 있
는 기회인데."

"더 좋은 광고 만들어서 유명해지면 되지."

"어우, 저 자신감하고는. 그런데 분트에서는 뭐라고 안 할까?"

"단발로 계약했는데 문제 될 건 없지."

"막 다른 회사한테 의뢰해서 해달라고 하면?"

"우리보다 더 소비자 분석 잘할 텐데 문제 될 게 뻔하다는 걸 이미 알고 있을 거야."

한겸의 말을 들은 팀원들은 이해했다는 듯 고개를 끄덕거렸다.

＊　　　　＊　　　　＊

미국 분트의 오웬은 오전에 있었던 회의 내용을 살펴보는 중이었다. 마침 본사 회의에서 스페인에서 일어나고 있는 일이 언급되었다. 스페인에서 단독으로 진행했다면 미국 본사에서까지 관여할 일은 아니었지만, 앞으로 전 세계에 분마를 사용한 광고를 내보낼 예정이다 보니 언급이 될 수밖에 없었다.

광고를 반대하던 사람들도 분마로 인해 계속해서 분트가 언급되는 상황을 직접 겪자 전부 찬성하는 쪽으로 돌아섰다. 매출은 물론이고, 스페인뿐만 아니라 전 세계에 분트의 이름이 좋은 방향으로 오르내리는데 반대할 리가 없었다.

하지만 오웬은 무척 조심스러웠다. 소비자들은 지금 분트의 광고를 재미있다고 받아들일 수도 있지만, 사회적 문제를 유발시킬 소지가 다분한 내용이었다. 그런 광고를 내보내는 것만큼 기업이미지에 위험한 일은 없었다. 그럼에도 당장의 결과가 좋다 보니 쉽게 판단이 서질 않았다.

"아무래도 C AD와의 미팅에서 얘기를 들어봐야겠군."

어차피 미팅을 위해서 한국으로 가야 할 참이었다. 그때, 노크하는 소리가 들리더니 비서가 들어왔다.

"이사님, 한국 C AD에서 미팅 취소를 요청했습니다."
"무슨 말이죠?"
"여기 태블릿 보시죠. C AD에서 보낸 파일입니다."

오웬은 비서에게 태블릿 PC를 건네받았다. 화면에는 작은 글씨들이 가득했고, 오웬은 천천히 읽기 시작했다.

"광고를 중단해야 하는 이유라… 소비자들이 기업들에게도 특정 이슈에 대한 견해나 태도를 밝히라는 요구가 강력해졌다. 맞는 말이지. 우리도 광고로 인해 인종 문제로 이득을 봤으니까."
"밑줄 친 곳만 보시면 될 것 같습니다."
"밑줄 친 곳이 이렇게 많은데요? 그냥 천천히 읽어보죠. 광고를 진행해서 사회적으로 문제가 생긴다면 그 결과를 우리가 책임을 져야 한다. 그러면 기업의 이미지까지 심각하게 훼손될 수 있다. 기업은 안전한 사회를 이룩하기 위한 책임도 있다. 어떻게 생각해요?"
"소비자들이 기업에 요구하는 것들이죠. 밑줄 친 곳 보시면 예를 든 곳도 있습니다."

"Pcoke군요. Black Lives Matter. 하긴 이 광고로 문제가 많이 됐었죠. 우리 광고로 인해 생긴 문제를 방관할 시에는 같은 문제가 발생할 수 있겠군요."

"맞습니다. 기회주의적이라고 보게 될 것 같습니다."

오웬은 피식 웃었다. 그 밑에도 예를 든 회사들이 상당히 많았다. 하나같이 실패한 사례들이며, 모두가 사회적인 문제에 대해 입장을 밝히며 제품을 홍보하는 내용이었다. Pcoke 같은 경우는 분트와 마찬가지로 인종차별 문제를 내세워 광고를 했다. 사진작가, 첼리스트, 패션모델 등이 시위 현장을 목격하자 각자 하던 일을 멈추고 시위에 동참한다는 내용이다. 영상의 마지막 부분에는 모델이 시위 현장에 배치된 경찰에게 Pcoke를 건네고, 그 모습을 본 시위 참가자들이 환호성을 지른다. 실제로 있었던 일을 기반으로 만든 광고였지만, 실제 시위를 했던 사람이 구금이 된 것에 반해 광고에서는 모델과 경찰이 환하게 웃으며 시위를 마무리 짓고 끝났다.

그리고 이 광고로 인해 Pcoke는 음료를 더 팔기 위한 수단으로 역사적인 시위 장면을 오마주 했다는 비난을 받아야 했다. 또한 경찰 폭력에 항의하는 시위의 심각성을 간과한 채 가볍게 그려냈다는 혹평을 받았다. C AD에서는 분마의 경우 사회적 문제에 대해 입장을 밝힌 것은 아니었지만 앞으로 문제를 유발시킬 수 있다는 점을 지적했고, 충분히 가능성이 있어 보였다.

한참을 보던 오웬은 감탄하며 고개를 끄덕거렸다. 분석한 자료들이 시장을 제대로 파악한 것은 물론, 사회적 문제에 대해 상당히 전문적이었다. 임원 회의에서 이대로만 보여줘도 다들 알아들을 것 같았다.

"이렇게 조사가 완벽하니 그런 광고를 만들 수 있었겠지. 우리 광고를 포기하는 게 쉽지 않았을 텐데 결단력도 빠른 데다가 양심적이고."

오웬은 피식 웃고선 비서를 쳐다봤다.

"미스터 왕, C AD하고 연락해 주십쇼. 직접 듣는 게 좋겠습니다."

*   *   *

한겸이 말했던 것처럼 스페인에서 간판을 훔쳤다는 기사가 늘어났다. 사람들의 반응은 확실히 재미있어하던 처음과는 달랐다. 분마의 광고를 제때 내리지 않았다면 충분히 분트가 영향을 받을 만한 상황까지 갔을 것이다. 함께 기사를 확인하던 우범도 다행이라는 표정으로 입을 열었다.

"광고 내리는 시기가 좋았다. 그리고 미국 본사에서 스페인에 권유를 했다더군."
"어떤 권유요?"

"스페인에서 분트와 같은 피해를 입은 곳들에 간판 교체 비용을 지원하기로 했다. 기업으로서 사회적책임을 지려고 하는 거겠지."

"돈 많이 들지 않을까요?"

"그렇게 많지는 않으니까 가능하겠지."

"인지도도 올리고 괜찮네요. 미국에서는 연락 왔어요?"

우범은 고개를 끄덕이며 입을 열었다.

"네 의견대로 분마는 일단 중단하기로 했다. 계약에도 문제없고 기존 계약도 제대로 이행했으니 아무런 문제도 없다. 그래도 오웬 씨는 한국에 온다고 하더군. 추후에 다시 광고를 할 수 있으니 그거에 대한 확답을 받고 싶어 하는 눈치였다."

"그건 우리한테 더 좋네요."

"분트에서 우리를 좋게 본 건 확실하다."

오웬이 방문한다는 말에 팀원들은 조용하게 물개 박수를 쳤다. 완전히 끝날 수도 있었던 일을 상대방이 끝나지 않도록 잇고 있었다. 글로벌 기업과의 인연을 맺어두는 편이 회사 입장으로서도 안정적이기에 다들 좋아하는 눈치였다. 한겸은 팀원들을 보며 미소를 짓고선 입을 열었다.

"그럼 다음 주부터 음주 운전 광고 나가면 지금 하고 있는 건 끝이네요."

"그렇지. 그래서 일단 몇 가지 추려 왔다."

우범은 테이블에 놓아둔 서류를 가리키며 말했다.

"우리가 입찰을 참여해야 하는 건 3개다. 전부 대기업이고 인바이트 받았다. 나머지는 우리한테만 의뢰를 문의한 곳들이고 대부분 중소기업이지. 저 중 빠른 곳은 내일까지 답을 줘야 하는 곳도 있다. 한 번씩 살펴보고 적당한 걸 고르도록 해라."
"가시게요?"
"바쁘다. 참고로 중소기업 중 한 곳은 스타트업이고 우리 홈페이지에 전문가로 등록된 분이 의뢰한 거다."
"저번에 미팅하셨던 분이요?"
"그래. 일단 분류해 놨으니 확인해 보고 연락해라."

우범은 인사를 한 뒤 곧바로 가버렸다. 그러자 종훈이 가장 먼저 서류가 놓인 테이블로 다가왔다.

"와! 학교에서 배울 때 이렇게 직접 의뢰하는 경우는 거의 없다고 하지 않았어? 대부분 입찰공고를 낸다고 그랬던 거 같은데."
"대기업들은 다 입찰이잖아요."
"중소기업도 어디야. 이거 보니까 C AD 이름이 올라갔다는 게 실감 나네. 와, 여기 두립전자 휴대폰 광고 입찰공고네."

종훈의 말에 팀원들이 하나둘씩 모여들더니 회사들을 하나씩
살펴보며 감탄했다. 그러던 중 범찬이 멍한 표정으로 한겸을 봤
다.

　"아직 1년도 안 됐는데 진짜 대기업들한테 인바이트 받았어."
　"하하, 내가 된다고 했잖아."
　"와… 소름. 야, 우리 뭐 할 거냐? 두립 어때! 휴대폰 좋잖아!"
　"두립? 휴대폰은 동양이 가장 좋잖아."
　"두립도 대기업이잖아! 분트처럼 전 세계에 광고될 수도 있고.
그리고 머슴을 하더라도 대감 집에서 하라고 그랬거든!"
　"하하, 비유가 대단하네. 일단 기존 광고들 좀 확인해 보고."

　한겸은 노트북을 가져왔다. 그러고는 자리로 돌아와 회사들
이 기존에 했던 광고들을 살폈다. 물론 의뢰한 제품은 다르겠지
만, 어떤 광고를 했는지 알 필요가 있었다.

　"여기도 의뢰했어? 관절 팔팔!"
　"그건 제외하자. 로고송이 너무 강해서 다른 식으로 만들었다
가 잘못하면 실패할 수 있어."
　"하긴 관절 팔팔 씨시꽝! 이상하게 입에 달라붙어."

　로고송으로 유명해진 제품만큼 새로운 광고를 만들기 어려운
광고도 없었다. 그만큼 소비자에게 각인을 시킬 수 있다는 장점
도 있지만, 한번 굳어진 이미지에서 변신하는 것도 상당히 어려

웠다. 지금 범찬이 말한 건강보조식품 회사 역시 이미지를 바꾸고 싶다며 의뢰를 해온 것이었다.

그 뒤로도 팀원들은 계속해서 우범이 정리해 온 서류를 보며 의견을 나눴다. 그러던 중 회사들의 광고를 보던 한겸이 나지막이 숨을 뱉었다. 그러자 수정이 한겸을 보며 물었다.

"왜 갑자기 한숨?"

"음, 회사들이 전부 이름 좀 있어서 그런지 기존 광고들이 괜찮네. 이것도 동양이 만든 거고. 아까 관절 팔팔 광고도 동양이 만든 거네."

"괜히 광고업계 1위겠어? 그런데 왜 갑자기 약한 척이야?"

"그런 건 아니고. 적어도 기존 광고보다는 잘 만들어야 할 거 같아서."

"그럼 그렇지. 그럼 아예 시작인 걸 해보든지. 아까 대표님이 말한 곳 있잖아."

수정의 말을 듣던 종훈이 서류를 내밀며 말했다.

"내가 보고 있던 건데. 이거 재밌어 보인다."

"뭔데요?"

"메신저인데 플리 마켓을 할 수 있는 기능이 있어."

"플리 마켓이요?"

한겸은 궁금한 마음에 서류를 살폈고, 종훈은 계속해서 설명을 이어나갔다.

"일인당 5개까지 등록이 가능하고, 프로필 옆에 파는 물건 등록이 가능하대. 거기 사진 있지?"

"네. 그런데 신기하네요. 판매가 이루어지면 판매자한테 돈이 들어오는 게 아니라 자신이 선택한 단체에 기부가 되는 식이네요."

"응, 업자들도 있을 수 있으니까 그렇게 해놨대. 다 기부로 돌아가니까 하고 싶어도 할 수가 없지."

"그럼 중고 거래처럼 사기 치고 그럴 일도 없겠네요."

"회사 이름도 마리아야. 이름도 그렇고 로고가 천사 날개여서 그런지 뭔가 포근하네. 그런데 수익 구조도 없고, 돈을 어떻게 버는 거지? 광고로 돈 버는 건가?"

"그럴 수도 있고요. 거래 시 수수료를 받을 수도 있고 그렇죠. 여기 보면 마페라고, 마리아 페이를 사용하면 거래를 쉽게 할 수 있다고 나와 있어요. 그럼 이용자만 많다면 수익 구조는 확실하겠네요."

아직 문의 단계였기에 예산을 얼마나 책정했는지, 어떤 방향의 광고를 원하는지 등 자세히 알 순 없었다. 현재 서류에 적혀 있는 기능도 플리 마켓이 가능하다는 것뿐이었다. 하지만 저 기능 하나만으로 상당히 괜찮게 느껴졌다. 이용자들 스스로가 문화를 만들어 나가도록 만들어진 메신저였다. 한겸은 손가락으로 서류를 찍고는 팀원들에게 물었다.

"다른 곳도 보면서 일단 마리아톡은 선택해 두자. 다들 어때?"

범찬은 이미 두립에 마음을 뺏겼는지 두립의 서류를 내밀었다. 그러자 수정이 고개를 저으며 입을 열었다.

"여기, 우리 힘들걸?"
"왜? 우리 분트도 했는데!"
"두립 휴대폰 광고는 TX기획이 10년간 고정이었어. 이번에 연프로님이 있던 회사까지 인수하면서 두립 광고는 대부분 TX가 맡고 있을걸?"
"야, 우리 분트에서도 TX 발랐잖아. 이번에도 이기면 돼!"
"그거 날짜 봤어? OT가 다음 달이고 출시가 내년이던데?"
"뭐? 뭐 내년인 걸 벌써 보냈어. 어이가 없네."

범찬은 한숨을 뱉으며 서류를 내려놓았다. 그러고는 한겸이 말했던 서류를 보며 입을 열었다.

"그거 예산 맞겠어? 대표님이 아까 스타트업이라고 그랬잖아."
"그러니까 미팅해 봐야지."
"우리 기획 팀이 하나니까 회사 식구들 먹여 살리려면 예산도 생각해야 해."
"알지. 그러니까 일단 후보에 넣자고. 미팅해 보고 결정하면 되잖아. 수정이랑 종훈이 형은 어때요?"

한겸의 질문에 종훈이 범찬의 어깨에 손을 올리며 말했다.

"나도 범찬이 말에 동의해. 이제 다 생각해 가면서 해야지."
"나도 이번만큼은 최범찬 말에 동의. 그리고 우리나라 메신저는 초콜릿톡이 시장을 꽉 잡고 있는데 살아남을 수 있을지도 의문이고. 휴대폰 보면 열이면 열 초콜릿톡이잖아. 안 그래?"

팀원들의 말에 한겸은 웃으며 입을 열었다.

"나도 예산은 중요하다고 생각해. 우리도 먹고살아야 하니까. 그런데 대표님이 알아서 골라준 거 아닐까? 우리는 그런 부담 가질 필요 없을 것 같은데."
"대표님이라면 그렇겠네."
"그리고 사람들에게 이런 메신저도 있다고 알리는 게 우리 일이잖아. 현실적으로 초콜릿톡을 능가하기는 어렵겠지만, 우리가 광고를 함으로써 새로운 문화를 개척해 나가는 데 일조할 수 있잖아."

한겸의 말을 들은 팀원들은 자신들이 너무 예산만 생각했다는 생각에 머쓱해했다.

제4장

마리아톡

　다음 날. 기획 팀과 사무실 직원들이 회의를 하기 위해 모였
다. 한겸과 팀원들은 총 2개의 회사를 선택했다. 한 곳은 한겸
이 선택한 마리아였고, 다른 한 곳은 중소기업에서 내놓은 프
라이팬이었다. 기획 팀에서 선택한 회사를 보던 우범이 입을 열
었다.

　"두 곳을 선택한 이유는?"
　"요술팬은 기존에 나와 있던 제품에 대한 평가가 좋더라고요.
일단 확인을 해봐야겠지만, 이번에도 제품이 좋을 확률이 높을
거 같아요. 그리고 전에 했던 광고도 좀 엉망이더라고요. 우리
가 만들면 광고효과를 볼 수 있을 것 같아요."
　"그렇군. 마리아도 선택했네."

"네, 이거는 재미있어 보이더라고요. 어떤 회사예요?"

"재미있는 회사지. 이번 분트 때만 하더라도 마리아 대표님의 조언을 받았다."

우범은 마리아 대표를 떠올리며 미소 지었다.

"나와 같은 학교 출신이지."

"마리아 대표님이 친구였어요?"

"아니다. 너희보단 많겠지만 나보다 훨씬 어리다. 아마 회사 설립 시기는 우리보다 1년 정도 빠를 거고, 우리하고 비슷한 점이 많다."

"우리하고요?"

"그래. 마리아도 네 명이 모여 만든 회사거든. 같은 학교가 아니라 교회 청년부에서 만났다는 점만 다르지."

한겸은 우범의 말을 들을수록 마리아란 회사가 궁금해졌다.

"스타트업이라고 그랬는데 자본이 튼튼한가 봐요."

"전혀 아니다. C AD 초창기와 비슷하지."

"그럼 예산이 문제 되지 않을까요?"

"그건 걱정하지 않아도 된다. 우리는 투자를 받지 않았지만, 마리아는 투자를 받는다. 이미 예산은 차고 넘치지."

한겸은 팀원들을 보며 이제 안심하라는 듯 웃었다. 그 모습을 본 우범도 상황을 이해했는지 피식 웃으며 설명을 이었다.

"주 투자회사가 바로 대형 통신사인 H텔레콤이다."

"H텔레콤이요?"

"그래, 우리나라에서 가장 큰 통신사지."

그 말을 들은 한겸은 어떻게 돌아가는 상황인지 이해됐다.

"기존 투자회사가 통신사라. 그럼 H텔레콤에서는 마리아톡을 좋게 보는 거겠네요. 그래서 반응을 보고 포맷 자체를 구매하려고 하겠고요."

"그렇지. 마리아에서도 그 부분을 긍정적으로 보고 있다. 애초에 기부에 대한 생각을 쉽게 바꾸는 데 목적을 뒀으니까. 아직 그 부분에 대해서는 확답을 받진 못했다고 했다. 조건이 어느 정도인지 모르지만, 아무래도 성공 여부겠지. 얼마만큼 성공을 거두느냐에 따라 달라질 거다."

"음. 메신저 시장에 뛰어들려고 그러는 걸까요?"

"그건 잘 모르겠다. 우리나라는 초콜릿톡이 독점하고 있어서 현실적으로 힘들지."

"해외도 마찬가지겠고요. 음, 그럼 예산은요?"

"온라인으로 6개월에 5억."

그동안 너무 많은 금액으로 받아서 그렇지 마리아의 예산은 평균치보다 높은 예산이었다. 그때, 옆에 있던 수정이 조심스럽게 입을 열었다.

"그럼 곧바로 다른 일도 같이 맡아야겠네요."

팀원들 모두 수정의 의견에 동의하는 듯 고개를 끄덕였지만, 한겸은 메모지에 무언가를 끄적거리기만 했다. 잠시 뒤 한겸은 피식 웃으며 우범을 봤다.

"H텔레콤 수익이 대부분 국내에서 이뤄지고 있죠? 통신 사업이 대부분 내수 사업이잖아요."

"그렇지."

"그 커다란 기업의 수익이 대부분 국내에서 이뤄지고 있다는 게 문제겠네요. 그렇지만 국내에서 이용자를 늘리는 게 목적이라면 투자보다는 기존 메신저 회사들과 협업이 더 나은 선택일 거 같거든요. 음, 혹시 H텔레콤이 예전에 해외 진출한 적 있어요?"

"있다. 그때는 ICT를 내세워 필리핀, 베트남 등 몇 번이나 진출했었지만 매번 실패로 끝났지. 지금은 모두 철수한 상태다."

"그럼 다시 한번 해외 진출 하려고 투자를 한 거 같은데요. 아직은 마리아톡이 잘될지 확신이 서지 않으니까 곧바로 뛰어들지 않은 것일 테고요. 일단 가능성이 보인다면 곧바로 뛰어들겠고, 지금 투자는 가능성을 확인하기 위한 투자겠네요. 개발비나 인건비 등을 아끼면서. 마리아톡만이 아닌 다른 회사들도 있을 거고요."

"맞다."

"그럼 만약에 우리 광고로 인해 마리아톡이 잘되면 저절로 H텔레콤 광고도 우리에게 넘어오겠네요."

우범은 웃으며 고개를 끄덕거리며 입을 열었다.

"맞다. H텔레콤에서도 확신이 생긴다면 곧바로 투자를 늘리겠지. 현재 우리나라 시장만 봐도 사용자 90% 이상이 초콜릿톡이고, 일본은 90% 이상이 링크를 사용하고 있지. 그 이용자들이 마리아톡으로 1%만 넘어와도 큰 성과지. 게다가 마리아톡에 HT스토어가 연계되면 자연스럽게 HT스토어 매출도 올라갈 거라고 예상한다."

"그럼 일단 마리아톡이 잘되는 게 우선이네요."

"그렇지."

"저희가 사용해 볼 수 있어요?"

"베타 서비스 중이니까 가능할 거다. 공개는 얼마 안 남았고, 공개부터 한 뒤 광고를 할 예정이지."

한겸은 의견을 묻기 위해 팀원들을 쳐다봤다. 그러자 범찬이 흥미롭다는 표정으로 말했다.

"그럼 우리 또 해외에서도 광고하겠네?"

"그건 아직 모르지. 그리고 하더라도 H텔레콤에서 준비를 해야 하니까 시간은 조금 걸릴 거야. 그래도 국내 이용자 반응이

좋으면 가능성은 있겠지. 일단은 마리아톡이 우선이야. 종훈이
형이랑 수정이는 어때?"

종훈과 수정도 동의한다는 듯 고개를 끄덕거렸다. 그러자 그
모습을 보던 우범이 고개를 끄덕거리며 입을 열었다.

"그럼 지금 바로 요청해 보마. 너희들 넷과 우리 사무실 직원
들 계정까지."

곧바로 통화를 한 우범은 휴대폰에 도착한 메시지를 보며 종
이에 메모를 했다.

"여기 URL 주소 입력하면 다운받을 수 있다. 처음에 등록할
때 여기 적힌 코드 입력하면 된다고 하니 해봐."

팀원들은 곧바로 우범이 적어놓은 메모를 보며 마리아톡을
다운받았다. 그러고는 마리아톡에서 제공하는 서비스를 알아보
기 위해 각자 휴대폰을 봤다. 한참을 말없이 살펴보던 중 범찬
이 한겸을 보며 말했다.

"특별한 기능은 따로 없네. 친구 추가나 이모티콘이나 기본 기
능은 기존 메신저들하고 다를 게 없는데?"
"일부러 그런 거 아닐까? 괜히 다른 메신저들하고 차별성 둔다
고 사용하기 어렵게 해놓으면 안 되니까."

"그런가?"

"순전히 플리 마켓으로 승부를 보려는 거 같아. 그런데 생각했던 거보다 실제로 해보니 그냥 그렇네."

한겸의 말에 팀원들도 고개를 끄덕거렸다. 기존의 메신저들처럼 프로필 등록이 가능했고 프로필 바로 밑에 자신이 등록한 물건을 보여주는 칸이 있었다. 총 5개로, 물건을 누르면 상세 페이지로 이동하는 방식이었다.

"일단 한번 올려봐야겠다. 뭐로 올리지."

잠시 두리번거리던 한겸은 앞에 놓인 볼펜을 보고선 사진을 찍었다.

"5장은 찍어야 돼. 기본이 5장이야."

"응, 찍고 있어. 난 범찬이하고 해볼 테니까 종훈이 형하고 수정이도 둘이 거래해 봐."

사진을 다 찍은 한겸은 등록까지 마쳤다. 그러자 프로필 밑에 칸에 조금 전 올려놓은 볼펜 사진이 등록되었다.

"이거 한번 사봐."

"뭐야, 뭔 볼펜이 만 원이야. 이걸 누가 사."

"그냥 시범 삼아 사봐."

"진짜 돈 나가는 거 아니야? 어? 선결제잖아! 이거 진짜 돈 내야 되는데? 카드 등록하래잖아."

"줄 테니까 눌러봐."

범찬은 잠시 휴대폰을 만지작거리고선 입을 열었다.

"오케이, 눌렀어."

"어, 이거 거래 선택도 나오네. 직거래도 있고 택배도 된다. 자택에서 발송할 건지도 나오는데?"

"오, 잘해놨네. 직거래 해봐."

"했어. 어, 거래 확인 창 뜬다."

"나도. 이거 같이 눌러야지 거래 완료되나 보네. 바로 누른다?"

한겸과 범찬이 각자 확인을 눌렀다. 그러자 거래 판매자인 한겸의 휴대폰에 거래가 완료되었다는 메시지와 함께 기부가 필요한 단체의 목록이 주욱 떴다.

"됐다. 기부하면 뜨네. 여기가 양천구지? 지역에 맞춰서도 나오네. 일단 양천구청에 독거노인 도시락 후원하는 곳, 여기다 할게."

"오케이."

"단체가 꽤 많네. 여기 나오는 단체들하고 제휴도 맺었나 봐. 이것만 해도 시간 엄청 걸렸을 거 같은데 공 많이 들인 거 같네.

플리 마켓 공개 누르면 모르는 사람들한테도 물건 팔 수 있고 어렵지도 않네. 메신저도 생각보다 편리하고."

한겸은 물건을 몇 번 더 등록해 본 뒤 입맛을 다셨다. 확실히 공을 많이 들여 만든 앱이다 보니 잘 만들기는 했다. 하지만 사용자의 입장에서 보면 약간 걸리는 부분이 있었다. 한겸은 팀원들의 의견을 들어보기 위해 대화 중인 다른 두 사람을 보며 물었다.

"해봤어요?"
"응, 해봤어."
"어때요?"

한겸의 질문에 수정과 종훈이 동시에 고개를 끄덕거렸다. 하지만 자신과 마찬가지로 표정은 밝아 보이지 않았다.

"잘 만든 거 같아. 기존 메신저들하고 비슷해서 사용하기도 편하고 플리 마켓도 처음이어서 그런지 신기하긴 해. 그런데 그게 끝인 거 같아."
"나도 수정이랑 비슷한 생각이야. 등록할 때 잠깐 흥미롭기는 했는데 이걸 꾸준히 하진 않을 거 같은데. 몇 번 하면 안 하지 않을까?"

사실 한겸도 그 부분이 마음에 걸렸다. 두 사람 모두 같은 걸 느낀 모양이었다. 그때, 옆에 있던 범찬이 툭하니 말을 던졌다.

"베타 서비스니까 바뀌겠지. 혹시 알아? 아예 싹 바꿔 버릴지?"

"그럴 생각이면 광고를 안 맡겼지."

"말이 그렇다는 거지. 원래 게임도 베타 서비스에서 문제 찾고 그거 개선하잖아. 너희들이 게임을 해봤어야지 알지."

"그럴 수도 있겠네. 그럼 넌 이대로 만족해?"

"난 그냥 그런데? 여기서 재밌으려면 그냥 처음부터 5칸 주지 말고 처음에는 한 칸만 주는 거지. 그런 다음에 레벨 업 하는 것처럼 한 칸씩 늘리면 재미있겠네. 됐고, 너 만 원부터 내놔라. 이거 뭐, 돈은 내가 냈는데 산 사람은 아무것도 없어!"

"오……."

범찬은 할 말이 끝났는지 또다시 휴대폰을 만지작거렸고, 한겸은 그런 범찬의 말을 곰곰이 생각했다. 잠시 뒤 한겸은 수정을 보며 물었다.

"사람들이 휴대폰으로 가장 많이 하는 것 좀 찾아봐 줘."

수정은 곧바로 한겸이 원하는 결과를 찾았다.

"1위가 Y튜브, 2위가 초콜릿톡, 3위는 파이온 사이트."

"게임은? 게임은 없어?"

"없는데? 이번 달에 출시한 게임이 7위에 있긴 있네."

"게임 종류가 많아서 그런가? 그럼 게임 종류 전부 다 합치면 어때?"

"그럼 순위가 확 오르지. 이게 교차 수집된 결과라서 정확하진 않을 텐데 그래도 해보면 파이온 사이트하고 비등비등할 거 같아. 남녀 비율은 비슷비슷하고."

"그거면 됐네."

"왜? 최범찬 말처럼 레벨 업 하는 것처럼 바꾸자고 하려고?"

한겸은 피식 웃으며 고개를 끄덕거렸다.

"재미있을 거 같지 않아? 그리고 범찬이 말처럼 산 사람도 포인트나 무언가 얻는 게 필요할 거 같은데."

"H텔레콤이 포맷을 가져가면 줄 수 있는 게 많겠지. HT페이 적립이라든지. 마리아는 지금 당장은 조금 힘들걸?"

"게임처럼 하는 건 어떻게 생각해?"

"괜찮을 거 같기도 한데. 경쟁심리를 자극시킬 수도 있고."

"응, 그것도 그런데, SNS 많이 하잖아. SNS 이용자들이 칸이 늘어날 때마다 자기 SNS에 자랑하면 홍보도 더 잘되지 않을까?"

"그렇겠네. 처음만 잘 잡아놓으면 알아서 커가겠다."

아직 기획 팀 사무실에 있던 우범은 팀원들의 대화를 듣던 중 갑자기 박수를 보냈다.

"내가 생각해도 확실히 좋다. 마지막 다섯 번째 칸은 오픈하기 어렵게 해놓는 게 좋겠지."

우범의 칭찬에 한겸은 피식 웃으며 범찬을 봤다. 그러자 범찬이 사무실을 이리저리 살펴보더니 입을 열었다.

"뭐야, 몰카야? 진짜 게임처럼 만드는 걸 건의한다고?"
"그냥 한 말이야?"
"어? 아! 아니지! 전부 다 계획해서 말을 한 거지! 푸하하. 아, 진짜 난 될 놈인가."

한겸은 어깨를 으쓱거리는 범찬을 보며 웃고선 우범에게 말했다.

"그럼 컨설팅이 될 텐데 한번 준비해 볼까요?"
"아니. 하지 마라."
"네? 좋다고 하지 않으셨어요?"
"확실히 좋다."

우범은 팀원들을 가만히 쳐다보고선 입을 열었다.

"스페인 분트 일을 조언해 주면서 많은 자료를 조사해 보내준 사람이다. 그리고 수고비도 받지 않았지."
"아, 그러셨어요?"

"그래. 우리도 이번 일로 보답을 하는 게 어떨까 하는 게 내 생각이다. 여기까지 나온 얘기만으로도 충분할 것 같다. 나머지는 마리아에서 조사를 하는 게 맞지. 물론 너희들의 동의를 한다면 말이다."

"그렇게 되면 따로 조사해도 될 게 없으니까 저희야 편하죠."

다른 팀원들도 마찬가지인지 고개를 끄덕거렸다. 그러자 우범이 웃으며 말했다.

"그럼 개선되는 상황이 있는지 들어볼 겸 미팅부터 잡아봐야겠다."

우범은 말이 끝나는 즉시 휴대폰을 꺼내 들었다.

*   *   *

우범의 연락을 받은 마리아 대표가 곧바로 찾아왔다. 조금 더 준비를 해서 얘기를 하고 싶었지만, 이렇게 빠르게 찾아올 줄은 몰랐기에 조금 전 회의에서 나온 내용을 조금 더 자세히 알아본 게 전부였다. 이미 안면이 있는 사이였던 우범은 서로를 소개해 준 뒤 곧바로 대화를 시작했다.

"피드백은 많이 받으셨습니까?"
"네, 피드백 보면 왜 그 부분을 신경 못 썼을까 부끄럽더라고

요. 그래도 모두 열심히 한 덕분에 발견된 버그는 대부분 잡은
상태입니다."

"저희가 사용한 게 최종 버전입니까?"

"그렇죠. 거기서 조금 변하긴 해도 크게 달라지진 않을 것 같
군요. 그런데 연락을 이렇게 빨리 주실 줄은 몰랐네요."

우범은 한겸을 한 번 본 뒤 미소를 지었다. 그러고는 마리아
대표를 보며 말했다.

"사용자 만족도는 어떻습니까?"

"그 부분 때문에 저희가 광고를 하려고 합니다. 플리 마켓을
콘텐츠로 내세우고 있지만 아무래도 기본은 메신저이다 보니까
특별한 만족감을 느끼지는 못하는 것 같습니다. 그래도 메신저
특성상 새롭거나 흥미를 끌 수 있다면 입소문을 통해 이용자가
늘 거라고 예상했습니다. 실제로도 특별한 동영상을 촬영하는
메신저 중에 그런 경우도 있었고요."

고개를 끄덕이던 우범은 조심스럽게 입을 열었다.

"만약에 콘셉트를 약간 바꾼다면 개발하는 데 얼마나 걸리겠
습니까?"

"상황에 따라 다르겠죠? 왜 그러시는데요?"

"짧은 시간이지만 저희가 사용해 본 결과 대표님이 조금 전에
말씀하신 것처럼 콘텐츠가 조금은 부족하다는 느낌입니다. 분명

좋은 일이기는 하나 몇 번 해보고 나니 약간의 뿌듯함을 얻은 것으로 끝이더군요. 그리고 구매한 사람들도 얻을 수 있는 게 없다는 문제도 있고요."

"아! 그 부분은 조율 중입니다. 판매자와 구매자들 모두에게 포인트를 제공해서 그 포인트로 다른 물건을 살 수 있게 하는 거죠. 대신 포인트로 구매할 수 있는 물건은 다른 이용자들의 물건이 아닌 기업에서 후원받는 물건이 될 예정이고요. 지금 꽤 많은 기업들과 얘기가 되고 있습니다."

"그렇군요. 괜찮은 방법인 것 같습니다. 기업들도 제품을 제공해서 마리아를 통해 홍보를 할 수 있겠군요."

옆에서 그 말을 들은 한겸은 고개를 끄덕거렸다. 저렇게 된다면 구매자들도 만족할 수 있을 것 같았다. 그때, 마리아 대표가 우범에게 질문을 했다.

"그런데 어떤 문제를 발견하셨습니까?"

"문제는 아닙니다."

"휴, 다행이네요. 개발이라고 하셔서 뭔가 문제가 있는 건가 싶었습니다."

우범은 미소를 지은 채 한겸을 쳐다봤다.

"다음은 김 프로가 설명해 보지."

한겸은 고개를 끄덕이고선 곧바로 입을 열었다.

"아주 잠깐 사용해 보고 이런 제안을 하는 게 실례일 수도 있지만, 저희가 느끼기에는 좋은 메신저인 것 같아 조금 더 많은 사람들이 이용했으면 하는 바람에 생각해 봤습니다."

"하하. 감사합니다. 편하게 말씀하세요."

한겸은 말한 것처럼 잠깐 사용해 본 것이 전부였기에 아무래도 조심스러웠다. 상대방이 어떻게 받아들일지 알 수 없었기에 분위기를 부드럽게 만든 뒤 입을 열었다.

"가입을 하면 무조건 주는 플리 마켓 창에 조금 변화를 주었으면 합니다."

"음? 어떻게요?"

"가입 초창기에는 모두에게 한 칸만을 주는 겁니다. 그리고 일정 조건이 달성되면 다음 칸이 열리고 또 조건을 만족해야지 다음 칸이 열리는 그런 방식이 어떨까 생각해 봤습니다."

"음……"

"게임으로 치자면 일종의 레벨 업이죠. 저희가 조사해 본 바에 의하면 스마트폰으로 게임을 하는 사람들이 상당히 많습니다. 어떤 종류의 게임이든지 레벨 업 이후 더 어려운 다음 단계를 통해서 사용자에게 성취감을 주고 있고요. 게임을 하는 이유 중엔 재미도 있겠지만, 그 속에서 얻는 성취감도 무시할 순 없더라고요."

종훈은 마리아 대표에게 급하게 준비한 자료를 건넸고, 마리아 대표는 자료를 살피며 한겸의 설명을 들었다.

"경쟁 심리를 유발시키면 이용자를 장시간 붙잡아둘 수도 있을 것 같고요. 더불어 실제로 기부를 하게 되니 게임보다 더 큰 성취감을 얻을 수 있을 거라고 판단했습니다."

"네, 그렇겠네요."

"약간 걱정되는 부분은 만약 이용자들 간에 경쟁이 너무 과열되었을 때 어떤 일이 발생할지 예상할 수 없다는 것입니다."

"분트처럼 이상한 문제가 발생할까 걱정되시는 겁니까? 하하, 그 부분은 괜찮습니다. 플리 마켓에 당분간 5만 원 이상 물건은 등록이 제한되거든요. 그런데 이거 게임처럼 하는 거 정말 괜찮은데요. 경쟁심리, 이걸 왜 생각을 못 했지."

"괜찮으신 건가요?"

"그럼요. 기부를 필요로 하는 곳이 얼마나 많은데요. 오히려 기부가 과열됐으면 하는 바람입니다. 조금 더 자세히 들어볼 수 있을까요?"

한겸은 어색한 미소를 지었다. 자신들이 생각한 건 여기까지였다. 옆에 있던 우범도 알고 있었기에 대화에 끼어들었다.

"저희는 여기까지입니다. 이렇게 변경을 할지 안 할지는 마리아의 몫입니다."

"아! 그렇죠. 음, 이래서 개발기간을 물어보신 거군요. 이 정도는 얼마 걸리지도 않을 거 같은데요. 조건 부여만 결정하면 나머지는 문제도 아닙니다. 와, 이거 정말 괜찮은 것 같습니다."

"만족하십니까."

"그럼요. 제가 이 자료들을 좀 가져가도 될까요?"

우범은 웃으며 고개를 끄덕거렸다. 그러자 마리아 대표가 자료를 챙겨 들고 일어나려 했고, 우범은 그런 마리아 대표를 붙잡았다.

"일단 앉아보시죠. 오신 김에 광고에 대해 얘기를 해보죠."

"아! 제가 마음이 급해서 그만. 그런데 마리아톡 광고, 맡아주시는 겁니까?"

"그 부분이 수정되면 저희가 맡아보도록 하겠습니다. 그 전에 마리아에서 원하는 내용이 있는지 듣고 싶군요."

마리아 대표는 생각해 놓은 것이 있었는지 곧바로 입을 열었다.

"사람들이 기부를 쉽게 인식할 수 있도록 해주셨으면 합니다. 전혀 어려운 게 아니거든요. 얼마가 됐든, 무엇이 됐든 필요로 하는 사람들이 정말 많아요. 꼭 몇십, 몇백이 되어야 기부라고 생각하는 것부터 바뀔 필요가 있다고 생각합니다."

"그렇군요."

"저희 아버지가 목사시거든요. 그래서 어려서부터 봉사활동을 다니다 보니 그런 부분들이 보이더라고요. 기부라는 게 액수가 꼭 많을 필요는 없습니다. 그런데 이게 도움이 될까, 라고 생각하는 사람부터, 기부는 하고 싶은데 남들이 많이 한 거 보고 위축돼서 못 하는 사람까지 있어요. 그런 사람들의 기부에 대한 인식을 바꿔줬으면 하는 바람입니다. 믿기 어려우시겠지만, 지금 시대에 하루 한 끼 먹기도 힘든 사람들이 있습니다. 국가에서 지원해 준다고 해도 한계가 있거든요. 정말 많은 도움이 필요합니다."

한겸은 열심히 설명하는 마리아 대표를 쳐다봤다. 열정적으로 설명하는 모습에 진실성이 느껴졌다. 말로만 듣던, 남들을 위해 사는 사람처럼 보였다. 그 뒤로도 마리아 대표는 한참이나 말을 하고서야 설명을 끝냈다. 그러자 한겸이 마리아 대표를 보며 입을 열었다.

"원하시는 광고 방향은 알겠습니다. 예산 5억이라고 알고 있는데 맞나요?"

"맞습니다. 제작비는 최대한 줄이고 홍보비에 사용됐으면 하거든요."

"혹시 대표님께서 생각하시는 모델이 있으신가요?"

보통 광고주가 모델을 추천하는 경우가 많기에 확인차 질문을 했다. 마리아 대표는 그 부분까지 생각했는지 곧바로 입을 열었다.

"저희는 박재진 씨가 모델을 해주셨으면 합니다."

"박재진 씨요?"

"네, 예전에 기사를 보니까 분트 공모전 할 때 받은 금액을 기부하셨더라고요. 다른 연예인들에 비해 많은 금액은 아니었지만, 저희 마리아의 모토하고 상당히 잘 맞아서요. 내가 행한 선한 일을 널리 퍼뜨려 남들도 따라 하게 만드는 게 목적이거든요."

박재진이 기부를 하게 된 이유를 알고 있던 한겸은 가볍게 웃었다.

"제가 부모님께 배우기로, 성경 말씀 중 '오른손이 하는 일을 왼손이 모르게 하라'라는 말은 남몰래 선행을 하라는 게 아니라 '마음에서 우러나 나도 모르게 행하라'라는 뜻이라고 해요. 숨길 필요가 없다는 게 우리 마리아의 생각입니다. 그리고 박재진 씨가 인류를 사랑하는 이미지도 있으시니까요."

한겸은 웃으며 고개를 끄덕거렸다. 광고 덕분에 박재진의 이미지가 상당히 좋은 편이었다. 하지만 약간 미안함도 있었다. 단발성 계약이라고는 하나 분마의 광고를 일방적으로 중단해 버린 상태였다.

"저희가 연락을 해볼게요. 예산은 5억이고, 모델료는 어느 정도일까요?"

"저희가 책정한 금액은 영상광고 1회에 2,000만 원인데 박재진 씨 모델료가 아무래도 예전보단 비싸졌겠죠? 사실 그 이상은 무리 같거든요. 저희는 박재진 씨를 원하고 있지만, 맞지 않는다면 다른 모델을 써도 됩니다."

박재진의 모델료가 전과는 비교할 수 없을 정도로 올라간 건 사실이었다. 박재진의 이름값에 비하면 적은 금액일 수 있었지만, H텔레콤과 합병이 된다면 그 부분은 문제가 되지 않았다.

"혹시 실례일 수도 있는 질문인데 H텔레콤과 합병은 어떻게 되는 건지 들을 수 있을까요?"

"합병이랄 것까진 없고요, 우리가 하나의 부서로 H텔레콤 소속이 될 것 같습니다. 일단 잘되는 게 우선이겠죠. 하하."

"잘되면 직접 회사를 운영하시는 게 낫지 않을까요? 상업적으로 바뀔 수도 있을 거 같은데요."

"아무래도 기업이니까 돈을 벌어야겠죠. 그래도 플리 마켓으로 인한 기부는 바꾸지 않기로 했습니다. 그래서 저희도 H텔레콤으로 들어가는 거고요. 그리고 누가 운영하는지는 중요하지 않아요. 대기업에서 지원을 한다면 그 양도 달라질 거고, 더 많은 사람들이 이용하게 될 거잖아요. 그럼 그만큼 도움을 필요로 하는 사람들에게 돌아가겠죠."

"대단하시네요."

"제가요?"

"네. 제가 만약에 마리아톡 개발했다면 그렇게 못 할 것 같아요."

"하하하, 저희도 얻는 게 있으니까 하는 거죠. 좋은 일 하고 싶어도 내가 거지꼴이면 누굴 도울 수가 없잖아요."

마리아 대표의 웃음에 한겸도 따라 미소를 짓고는 입을 열었다.

"그럼 H텔레콤과 합병이 되도 마리아톡 관리는 대표님이 계속하신다는 말씀이시죠?"

"그렇죠. 그런데 합병이라고 하기보다는 지금도 자회사라고 보는 게 맞습니다. 대부분이 HT에서 해준 투자 덕분에 유지되고 있으니까요."

"그럼 HT에 가셔서 광고를 하시게 되면 그때도 저희가 광고를 맡을 수 있을까요?"

"음, 그건 확답을 드리기가 어렵겠네요."

"저희가 박재진 씨를 모델로 정말 좋은 광고를 만든다면 HT에서도 거부하지 않을 것 같아서 드리는 말씀이에요."

"오, 그럼 좋긴 한데 될까요? 아! C AD를 못 믿는 건 아닙니다!"

"해봐야죠. 그럼 회의를 해보시고 다시 미팅을 하는 게 좋을 거 같아요. 저희도 회의를 해봐야 하고요. 언제쯤이 괜찮을까요?"

마리아 대표는 밝은 미소를 지으며 물었다.

"저희 광고 맡아주시는 건가요?"

"네, 저희가 맡아볼게요."

"하하, 감사합니다. 이거 C AD에서 광고를 맡아준다니 잘될 것 같은 느낌이 팍팍 드네요. 하하, 일단은 제가 회사 돌아가서 아까 말씀하신 부분에 대해 얘기를 해보고 연락드리겠습니다. 그래도 될까요?"

"네, 괜찮아요."

"그럼! 이 소식을 우리 직원들에게 알리러 가봐야겠군요! 여러 모로 감사합니다."

마리아 대표는 자료들을 챙겨 자리에서 일어났고, 우범도 마리아 대표를 마중하기 위해 따라나섰다. 그러자 사무실에 남은 범찬이 헛웃음을 뱉으며 입을 열었다.

"저 사람 삶의 목표가 무슨 노벨평화상이라도 돼?"

"하하, 좋은 사람 같은데."

"그러니까 하는 말이야. 만약 마리아톡 잘되면 단번에 재벌 될 텐데 많은 사람이 도움받을 수 있다는 거 하나로 그걸 넘겨 주네. 그러니까 이름도 요셉이지."

"그러게."

"인터넷에서 툭하면 목사가 성추행하고 사기 치고 그런 것만

봐서 처음에는 영 거슬렸는데 저런 사람도 있네."

팀원들도 동의한다는 듯 고개를 끄덕거렸다. 한참 마리아 대표에 대한 얘기를 나누던 중 종훈이 입을 열었다.

"그런데 어떻게 할지 생각해 놓은 거 있어?"

그 말을 들은 한겸은 대화를 하며 적어둔 메모지를 쳐다봤다.

*　　　　*　　　　*

팀원들은 메모를 보는 한겸을 가만히 봤다. 한겸이라면 좋은 아이디어가 있으니 자신 있게 좋은 광고를 만든다고 했을 것이다.

"음, 딱히 좋은 생각은 없는데 이제부터 생각해 봐야지."
"뭐야, 아이디어라도 있는 줄 알았네."

한겸의 말을 들은 팀원들은 김이 샜다는 표정이었고, 한겸은 피식 웃으며 입을 열었다.

"그나마 생각이 드는 건 남몰래가 아니라 나 몰래 정도인데."
"어? 나 몰래? 나 몰래는 괜찮은 거 같은데?"
"아까 권 대표님이 말씀하신 거야."

"괜찮은 거 같아. 그래서 어떤 식으로 방향 잡을 건데?"

"권 대표님이 기부에 대한 사람들의 인식이 바뀌길 원하는 광고라고 했으니까 그렇게 잡아야지. 그것도 마리아톡을 노출시키면서."

"꽤 어렵겠는데."

범찬의 말에 동의하듯 수정과 종훈도 고개를 끄덕이며 입을 열었다.

"아까 권 대표님 말 듣는데 난 좀 어려울 거 같더라고. 언뜻 듣기에는 쉬워 보이지만, 어떤 식으로 만들지 생각해 보니까 걸리는 게 많더라고."

"어떤 부분이요?"

"기부를 했다는 걸 보여주려면 도움을 받은 사람이 나오는 게 가장 효과적이겠지?"

"아무래도 그렇겠죠. 도움받은 사람이 고마워하는 모습만큼 효과적인 게 없을 것 같은데요."

"그런데 그 부분이 조금 꺼려져. 도움을 받는 건 고맙지만, 대중들한테 자기 삶을 노출시키는 건데 당사자나 가족 입장에서는 꺼려지거든. 사실 우리 형만 해도, 길거리 지나다녀도 수군거리는 사람이 많은데 광고에 나오기까지 하면 얼마나 그렇겠어."

종훈은 자신이 봐온 경험담을 꺼내놓았다. 확실히 직접 겪어봐서인지 누구보다 잘 알고 있었다. 한결도 그 부분에 대해서는 생각해 보지 않았다. 그때, 대화를 듣던 수정이 입을 열었다.

"그럼 애니메이션처럼 하는 건 어때? 왕배추처럼 말이야."

"그건 곤란할 것 같은데. 권 대표님이 박재진 씨를 모델로 추천했잖아."

"그러네. 이럴 때엔 또 깐깐한 클라이언트가 별로네."

한겸은 피식 웃었다. 광고 회사들이 좋아하는 광고주는 깐깐한 클라이언트였다. 기존 광고 회사들은 자신이 원하는 바가 확실한 광고주들과 일하는 것을 좋아했다. 광고주가 원하는 부분을 중점적으로 노출시키면 됐기에 확실히 진행이 빨랐다. 오히려 하나부터 열까지 모든 걸 다 맡기는 광고주를 힘들어했다. 하지만 C AD는 기존 회사들과 다르게 대부분을 직접 구상하고 제작했다. 그렇기에 오히려 지금 일이 더 어렵게 느껴졌다.

"휴, 일단 기존에 나와 있던 메신저 광고들하고 기부 문화나 소외계층 돕는 공익광고들부터 수집해 보자. 그거 보면서 생각해 봐야 할 거 같아."

"박재진 씨한테 먼저 연락해야 하지 않을까? 대표님이 하시려나?"

"내가 하는 게 좋을 거 같아. 설명도 좀 해야 하니까. 내가 연락한다고 대표님한테 말해야겠다. 그동안 자료들도 좀 모아줘. 나는 메신저 위주로 모을 테니까 세 사람은 공익광고 위주로 모아서 내일 아침에 회의하자."

한겸은 곧바로 우범에게 연락을 해, 직접 라온 엔터테인먼트와 연락을 하겠다고 전했다. 그러고는 곧바로 라온의 이종락에게 전화를 걸었다.

―네! 김 프로님!

"안녕하셨어요."

―그럼요! 분마 광고 때문에 연락하신 겁니까?

"그건 아니에요."

통화를 하던 한겸은 어색하게 웃었다.

"제가 연락을 드렸어야 했는데 죄송해요."

―죄송은요! 그냥 미뤄진 거 아니겠습니까. 성 대표님도 직접 찾아오셔서 사과하시던데 그러지 마세요.

우범이 자신이 처리하겠다고 했지만, 직접 라온으로 찾아간 것까진 몰랐다. 다시금 우범이 믿음직스럽다는 생각을 할 때, 종락의 목소리가 들렸다.

―그런데 어쩐 일로 연락 주셨나요?

"저희가 이번에 광고를 하나 맡았어요. 그런데 광고주분이 박재진 씨를 모델로 생각하시더라고요."

―재진이 형이요? 음…….

이종락의 목소리가 약간 난감해하는 것처럼 느껴졌다. 예전이라면 광고라는 말만 나와도 좋아했을 텐데 조금 달라진 느낌에, 한겸은 고개를 갸웃거리며 입을 열었다.

"어려울까요?"

—아! 그게 좀… 회사에서 재진이 형 이미지 관리하거든요. 지금 재진이 형 이미지가 인종차별 없이, 남녀 구분 없이 인류를 사랑하는 그런 이미지거든요. 그게 또 먹히고 있고요. 스페인 토크쇼에서도 이미지가 엄청 좋아졌어요. 그래서 20년 전에 냈던 앨범도 재발매하거든요.

"잘됐네요, 축하드려요."

—감사합니다. 그래서 분마 광고는 계속하던 거니까 괜찮다고 했는데, 다른 상업적인 광고는 조금 그렇거든요. 지금 이미지로 나가는 게 더 길게 갈 수 있다고 판단해서 재진이 형도 찬성했고요. 안 그래도 여기저기서 요청이 많이 오는데 전부 거절하고 있어요. 지금 당장은 아쉽긴 해도 어쩔 수 없죠.

잠시 걱정했던 한겸의 얼굴에 미소가 피어올랐다. 분마 덕분에 박재진의 인지도가 상승했고, 뜻밖의 사건으로 평등주의자 이미지가 만들어졌다. 그리고 그 이미지가 모든 사람들을 사랑하는 이미지로 커졌다. 라온에서 그런 이미지를 지키려고 하니 상업적인 광고라면 섭외가 어려웠을 테지만, 마리아톡의 광고는 상업성에 공익광고를 더한 광고였다. 한겸은 웃으며 입을 열었다.

"저희 광고가 기부를 장려하는 광고거든요."

―기부요? 공익광고 말씀하시는 건가요?

"공익광고는 아닌데 공익광고처럼 진행될 거예요."

―음… 제가 이해를 잘 못하겠네요. 기부 장려 이런 건 대부분 공익광고 아닌가요?

한겸은 마리아톡에 대한 설명을 한 뒤 말을 이었다.

"박재진 씨에게 조금 더 좋은 이미지를 쌓을 수 있을 것 같은데요."

―오! 안 그래도 기부를 해서 이미지를 좀 더 키워 나가려고 했는데!

"그러셨어요?"

―그럼요! 광고를 거절한 것도 사실 한국에서 이미지를 조금 더 확실하게 잡아주려고 그런 거거든요. 해외에서는 먹히고 있는 게 한국에서는 그냥 분마도 아닌 분마 아저씨로 불려서. 아무래도 홈이 한국인데 한국도 신경을 써야 하잖아요. 그래서 봉사활동도 하러 다니고 그러거든요.

"박재진 씨가요?"

―하하, 네. 뭐 사람들이 그렇게 치켜세워서 그런지 관심을 보이더라고요. 자리가 사람을 만든다고, 진짜 관심 있어 해요. 일단 저희도 얘기를 해봐야겠지만, 재진이 형한테도 도움이 될 것

같고. 굉장히 좋은 것 같네요. 김 프로님이 항상 도와주시네요!
이거 뭐, 도움만 받아서 어쩝니까!

"아니에요. 저희는 광고주가 원하는 대로 하는 것뿐인데요."

—그래도요! 지금 재진이 형 인기는 전부 김 프로님이 만드신
건데요. 아무튼! 빠른 시일 내에 연락드리겠습니다!

한겸은 웃으며 통화를 마쳤다. 서로의 상황이 잘 맞아떨어졌
다.

*　　　*　　　*

다음 날. 일찍 출근한 기획 팀 팀원들은 준비한 자료들을 보
며 회의를 시작했다. 우선 한겸이 준비한 메신저들을 보던 중이
었다.

"초콜릿톡은 광고 찾기가 어려웠어."

"이미 점유율 90%가 넘는데 나 같아도 광고 안 하지."

"그래도 있긴 있더라고. 잘 만들었어. '생활의 모든 순간이 마
케팅이 되다' 이게 카피거든. 정말 잘 어울리더라고. 확실히 국내
에 신경 쓰는 게 보여. 그리고 이건 파이온 링크 일본 광고."

한겸은 일본 메신저 시장을 꽉 잡고 있는 파이온 링크의 광고
를 보여주었다. 그러고는 팀원들의 표정을 살폈다. 처음 자신이
봤을 때와 별반 다르지 않았다.

"이건, 뭐라고 해야 되냐."

"하하, 현지화시킨 광고야."

"똑같은 노래만 죽어라 하는데? 그래도 이 모델은 귀엽네."

"작년에 엄청 인기 있는 광고였어."

한겹도 쉽게 이해가 되지 않았다. 빨갛게 보이는 건 아니었지만, 그렇다고 색이 보이지도 않았다. 아무래도 중독성 있는 노래가 큰 역할을 하지 않았을까 추측해 보는 것이 전부였다.

"우리도 이렇게 할 건 아니지?"

"우리는 한국 시장부터 뛰어들어야 되니까 그렇게 할 필요 없지. 그냥 찾아본 거야. 다른 해외 메신저나 SNS는 대부분 광고에 많은 투자를 하지 않더라고. 스토리그램만 봐도 저스틴 비버가 자발적으로 홍보해서 성공했어. 결국 메신저 같은 경우는 사용자들이 직접 사용해 봤을 때 쉽고, 편리하고, 기능도 많다면 이용자가 늘더라고. 물론 인지도 있는 사람이 도움을 줘야 하고."

"우리한테는 박재진 씨네."

"그렇지. 그래서 내 생각으로는 박재진 씨가 마리아톡을 사용하는 걸 가장 우선적으로 담아야 할 거 같아. 거기에 기부에 대한 걸 어떻게 담을지가 문제지. 유명하지 않은 메신저들도 많은데, 그런 메신저들 광고는 조금 길어. 어떻게 사용하는 건지 담으려다 보니까 리뷰 같더라고."

"효과는?"

"그런데 그게 또 효과가 있었어. 그걸 단기간에 폭발적으로 내보내고 퍼지게 하더라고. 우리 플랜 팀에서도 모든 예산을 한 달 안에 다 쏟아붓는 게 효과적인 계획이라고 했고."

"그래?"

"어, 흥미로운 기능만 있다면 리뷰처럼 보이는 것도 괜찮을 것 같거든. 일단 내가 찾은 건 여기까지고, 그럼 공익광고 좀 볼까?"

팀원들은 다시 말없이 화면만 쳐다봤다. 시간이 흐를수록 한겸은 턱을 괸 채 영상을 보며 속으로 한숨을 뱉었다. 공익광고라고 해서 내심 기대했는데 특별히 좋은 광고가 없었다. 오히려 처음부터 끝까지 빨갛게 보이는 광고도 있었다. 빨갛게 보이는 광고 대부분이 해외의 열악한 환경에서 사는 어린아이들이 나오는 광고였다.

"너무 동정심만 유발하고 다른 내용이 없어서 그런가."

한겸의 혼잣말에 수정이 고개를 돌렸다.

"나만 그런 거 아니었네. 꼬마가 불쌍해 보이기는 해도 어떻게 도와줘야 할지 잘 모르겠더라고. 돈을 내면 정말 그 꼬마한테 가는 건지도 모르겠고."

"그건 기부한 단체에서 확인해 주겠지. 저런 광고들이 대부분 좀 이상하네."

"그럼 이거 한번 볼래? 광고라기보다는 캠페인 영상인데 소외 계층을 돕는 사람들 나온 거야. EBC에서 만든 거고."

"5분짜리네."

영상 대부분이 인터뷰로 진행되었다. 인터뷰하는 사람은 자신도 어려운 처지이지만 남들을 위해 베푸는 사람이었다. 확실히 캠페인 영상이여서인지 회색이 아닌 온전한 색이었다. 한겸은 조금이라도 얻는 게 있을까 싶어 묵묵히 영상을 바라봤다. 그리고 영상이 끝날 때쯤 성우가 뱉은 내레이션이 들렸다.

─나눔, 가진 것을 나누는 것이 아니라 마음을 나누는 것이다.

그 말을 들은 한겸은 약간 놀란 표정을 지었다. 권 대표가 말했던 것과 비슷한 느낌을 받았다. 다른 팀원들도 마찬가지였는지 저마다 입을 열었다.

"형, 이거 권 대표님이 말한 거하고 비슷하지 않아요?"

"그러게. 앞에서 인터뷰가 나와서 그런지 조금 와닿는 거 같아. 도움받는 사람이 직접적으로 나오는 것도 아니고. 이런 건 언제 찾았어? 같이 찾을 때만 해도 없었는데."

"그냥 인터넷 보다가 찾았어요."

한겸도 영상 마지막 성우의 말이 상당히 좋게 느껴졌다. 아마 공익광고로 만들었다면 마지막 대사를 카피로 사용할 경우 카피만큼은 색이 보였을 것 같은 느낌이었다.

"확실히 카피가 중요해. 카피만큼 임팩트를 크게 주는 건 없는 거 같아."
"그래서 카피 생각했어?"
"아니. 상업적이면서도 공익적이기도 해야 돼서 그런지 이번에는 어렵네."
"카피 귀신이 어쩐 일이래."

팀원들의 놀란 모습에 한겸은 피식 웃어넘겼다.

"그래도 이렇게 광고하는 것도 괜찮을 것 같다."
"이렇게 길게?"
"응, 다른 사람이라면 모르겠는데 박재진 씨면 길게 해도 잘할 수 있을 것 같거든."
"하긴 박재진 씨 연기 엄청 잘하지."
"음… 제품 리뷰하는 것처럼 광고하는 건……."

그때, 한겸의 휴대폰이 울렸다. 번호를 확인하니 주일기획의 지 대표였다. 지 대표가 연락할 만한 일은 포스터밖에 없었다. 한겸은 혹시 문제라도 있나 싶어 급하게 전화를 받았다.

"네, 지 대표님. 포스터에 무슨 문제 있어요?"
─인사도 없이 뭐가 그렇게 급해요. 아무런 문제 없으니까 걱

정하지 마요.

"아, 갑자기 연락 주셔서 조금 놀랐어요."

—문제가 아니고요. 이번에 보내주신 포스터가 너무 좋아서요. 오랜만에 김 프로님이 하신 거죠?

"제가 한 게 아닌 거 같은데요. 저희 포스터 팀이 제작한 거 같아요."

—그래요? 최근 조금 이상하더니 며칠 전부터 갑자기 또 좋아져서 김 프로님이 다시 하시나 보다 했죠.

포스터를 간간이 확인하긴 했지만 모든 포스터를 확인하진 못했다. 최근 마리아톡에 신경 쓰느라 지 대표가 말하는 포스터는 아마 자신이 확인하지 못한 것 같았다. 어떤 포스터를 제작했길래 지 대표가 전화했는지 궁금하기도 했고, 최근 계속 늦게까지 일을 하던 포스터 제작 팀이 성장한 것 같아 뿌듯하기도 했다.

*　　　　*　　　　*

지 대표와 통화를 마친 한겸은 잠시 회의를 중단했다. 아이디어가 곧바로 나오는 것이 아니었기에 머리도 식힐 겸 건너편 사무실인 포스터 팀으로 향했다.

"안녕하세요."

"아! 김 프로님!"

포스터 팀 팀원들은 한겸을 보더니 무척이나 당황해 하는 표정이었다. 그리고는 서둘러 책상을 정리하더니 어색한 표정으로 한겸을 봤다. 한겸은 팀원들의 표정만 봐도 뭔가를 숨긴다는 느낌을 받았다.

  "바쁘세요?"
  "아니요. 비슷하죠. 그런데 갑자기 어쩐 일로."
  "지 대표님이 포스터 좋다고 칭찬하셔서 와봤어요."
  "아……."
  "제가 좀 봐도 될까요?"

  포스터 팀 팀원들은 여전히 어색한 표정을 한 채 한겸을 자리에 안내했다. 그리고는 모니터에 그동안 제작했던 포스터를 보여주었다.

  "이건 예전에 봤던 거잖아요. 엊그제나 어제 제작한 거 보여주세요."
  "아… 네."

  한겸은 의아한 표정으로 팀원들을 봤다. 평소에는 편하게 지내던 팀원들이 왜 저렇게 불안해하는 건지 이해할 수가 없었다. 그때, 모니터 화면에 어제 날짜로 저장된 포스터가 올라왔다. 그리고 포스터를 본 순간 이유를 알 수 있었다.

"이거 윤 프로님이 하신 거죠?"

"아… 그게."

"윤 프로님 병원에 계신 거 아니에요?"

"휴……."

장 프로와 고 프로는 조그맣게 한숨을 뱉었다. 그러고는 장 프로가 어색한 표정으로 입을 열었다.

"그게 윤 프로님이 가만있으면 안 된다고 계속 그러셔서 어쩔 수 없었습니다. 저희는 좀 말렸거든요."

"지금 치료 기간 아니에요?"

"이제 재활치료 들어가신다고 들었습니다. 병원에서도 팔만 움직이는 거라서 괜찮을 거라고 했다고 조르시는 바람에."

"그런데 왜 저한테 비밀로 하세요?"

"네? 비밀이라니요."

"숨기시려고 한 거 같은데요."

"휴… 윤 프로님이 기획 팀 모르게 좀 해달라고 그러셨어요. 김 프로님이나 다른 분들 알면 말리실 거라고."

한겸은 입맛을 다시며 모니터를 봤다. 확실히 잘 만든 포스터였다. 제품은 중소기업에서 나온 LED 스탠드 등이었다. 화면 전체가 온통 환한 빛이었고, 가운데에 펜 하나가 세워져 있었다. 그리고 화면에 그 펜으로 적은 듯한 스탠드 등 이름이 적혀 있었고, 펜 밑에는 그림자가 있었다. 스탠드 등 광고임에도 한눈에 스탠드가 보이지 않았다. 일단 펜에 집중을 하게 만든 뒤 주변을 보게 만들었다.

아마 포스터를 본 사람들도 비슷할 것이었다. 펜에 집중한 후에야 테두리에 보이는 게 등이라는 것을 알아차릴 터였다. 한겸은 포스터를 보며 고개를 끄덕이고선 입을 열었다.

"이건 어떻게 받으셨어요?"
"그게 윤 프로님이 그려서 사진으로 보내주셨어요."
"휴대폰으로 찍어서요?"
"네."

한겸은 피식 웃고선 팀원들을 쳐다봤다. 자신들 일도 하면서 윤선진이 그림을 다 그릴 때까지 기다린 뒤 작업했을 것이었다. 한겸은 포스터 팀이 왜 늦게까지 작업을 했던 것인지 알 것 같았다.

"고생하셨어요."
"고생은요. 그런데 윤 프로님한테 뭐라고 하시려는 건 아니죠?"
"아니에요. 일단 병원에 좀 가보고, 괜찮으시다면 뭐 작업하게 두는 것도 좋을 거 같아요. 그러니까 무슨 일 있으면 저한테 숨기지 마세요. 같은 회사잖아요."
"아, 하하……"

한겸은 웃으며 포스터 제작 팀을 나섰다.

*   *   *

면회 시간에 맞춰 윤선진이 입원한 병원에 도착한 한겸은 조심스럽게 병실 문을 두드렸다. 문을 열고 들어가자 윤선진이 보였다. 윤선진은 자신의 손님이라고 생각하지 않았는지 한겸을 보자 무척이나 당황한 표정이었다. 한겸은 미소를 지으며 천천히 걸음을 옮겼다.

"정리하지 않으셔도 돼요."
"아이고, 아닙니다. 그냥 그림을 그리던 중이라서……."

윤선진은 말을 얼버무리면서도 그림이 망가질까 봐 조심스럽게 정리를 했다. 그 모습을 본 한겸은 웃으며 입을 열었다.

"포스터 그리고 계셨어요?"
"네……?"
"좀 쉬시라니까 왜 계속 일을 하세요."
"아셨어요……?"
"그렇게 잘 만드셨는데 모르는 게 이상하잖아요."
"그게 그냥 있기도 뭐하고 답답하기도 해서… 걱정하게 하려던 건 아닌데 미안해요."

한겸은 미안해하는 윤선진의 표정을 보며 말했다.

"미안해하지 않으셔도 돼요. 병원에서는 괜찮다고 그랬어요?"
"그럼요! 이 주 뒤에 퇴원하고, 이제 통원하면서 재활치료 받으면 된다고 했거든요. 그림 그리는 건 문제없다고 그랬어요."
"그럼 다행이고요. 그래도 너무 무리하지 마세요. 퇴원하시면 계속 작업하셔야 되는데 무리하시다가 회복이 늦어지면 어떡해요. 저희도 윤 프로님 기다리는데."

윤선진은 기다린다는 말이 기분 좋았는지 미소가 번졌다.

"이렇게 잘해주셔서 감사해요."
"감사는요. 저희가 같이 일해주셔서 감사하죠. 그리고 쉬엄쉬엄하세요. 저번처럼 계속 그림만 그리고 계시는 건 아니죠?"
"그 정도는 아니고요. 그렇게 해도 힘들지 않을 거 같아요. 남들에게 인정받다 보니까 힘든지도 모르겠어요. 그리고… 김 프로님이나 기획 팀 분들, 회사분들 모두한테 이렇게 받은 게 많은데, 그냥 있기는 싫더라고요."

한겸은 계속해서 감사 인사를 할 것 같은 모습에 서둘러 말을 돌렸다.

"그런데 그 스탠드 등은 어떻게 생각하고 그리신 거예요?"

"스탠드요? 큰 의미는 없는데… 제가 집에서 그림 그릴 때 스탠드 밑에서 그림을 그렸거든요. 그럼 제 눈에는 펜밖에 보이지 않아서요. 제가 봤던 그대로 그려봤어요. 사실 제가 쓰던 스탠드는 주황색이었는데, 제품 설명 보니까 잘은 모르겠지만 엄청 밝다고 하더라고요. 눈에 무리도 덜하다고 그래서 그냥 색을 안 칠했어요."

한겸은 고개를 끄덕거렸다. 이번 역시 직접 겪어보고 나온 것이었다. 아무리 경험을 했다고 하더라도 표현하기가 쉽지 않은데, 윤선진은 자신이 경험했던 것을 그림으로 표현할 줄 알았다. 다른 건 몰라도 포스터 제작만큼은 누구보다 든든했다. 한겸은 미소가 가득한 얼굴로 윤선진을 보며 말했다.

"빨리 건강하게 퇴원하셔서 더 많이 보여주세요."
"그래야죠."
"이 주 뒤에 퇴원이면 윤 프로님 광고도 나오겠네요."
"잘되겠죠?"
"이미 잘됐잖아요. 걱정하지 마세요. 그럼 전 또 회사에 가야 해서 이만 일어날게요."
"또 회사 가세요?"
"네. 다들 남아 있어서요."
"저도 빨리 퇴원해서 갈게요."

한겸은 웃으며 고개를 끄덕거렸다.

*　　　　*　　　　*

택시를 타고 회사에 도착한 한겸은 회사 앞에 나와 있는 사람들을 보며 걸음을 옮겼다. 택배 차로 보이는 차에서 다들 박스를 내리고 있었고, 그중 가장 신난 표정인 범찬이 보였다. 한겸은 상자를 옮기는 범찬의 어깨를 툭 건드렸다.

"어우, 깜짝이야! 인기척 좀 내."

"그거 뭐야?"

"푸하하, 이거 안 보여?"

범찬은 박스에 적힌 로고를 보여주었다. 한겸도 잘 알고 있는 회사의 로고였다.

"파우스트? 신발 박스 같은데. 파우스트에서 신발 보냈어?"

"응, Far free가 인기에 힘입어 색상별로 출시된다고 보내주셨다."

"이렇게 많이?"

"우리 회사 직원당 각 한 켤레씩이야. 그만 떠들고, 박스에 이름 적혀 있으니까 사무실 팀 건 사무실로 옮겨라."

"그러니까 갑자기 이걸 왜 준 거야?"

"우리 광고 때문에 완전 살아났잖아. 그러니까 보답하는 거지. 일단 옮겨!"

한겸은 신발 박스들을 보며 혀를 내밀었다. 그러고는 박스를 들고 안으로 들어갔다. 한겸은 이미 퇴근한 직원들의 책상 위에 박스를 하나씩 올려놓고선 사무실을 나왔다. 그러자 위에 올라갔던 범찬이 수정과 종훈을 이끌고 내려오는 모습이 보였다.

"아직 있었어?"

"그럼. 아직 기획 방향도 못 잡았는데 어떻게 퇴근해. 윤 프로님 만나고 왔어?"

"응, 많이 좋아지셨더라. 이 주 뒤에 퇴원하신대."

"잘됐네. 밥 먹으러 가려던 참인데 같이 가자. 종훈이 오빠가 여기 뒤에 쌀국숫집 봤다고 해서 거기 가려던 참인데."

한겸은 고개를 끄덕이고선 팀원들과 회사 근처 음식점으로 향했다. 음식점에 도착한 한겸은 궁금했던 것을 물었다.

"임 부장님이 보내신 거야?"

"어. 우리 회사 이사할 때도 못 와보셨다고 미안하다고 그러시던데."

"화환도 보내셨잖아."

"얼마나 고마우면 그러겠어. 너, 성의 무시하는 거야? 분트 대표님 아들이라고 지금 명품만 신겠다는 거야?"

"뭔 소리를 하는 거야. 지금도 Far free 신고 있는데."

"농담인데 정색은. 아무튼 우리가 광고하고 나서부터 계속 잘 나가고 있잖아. 고마워서 보답하는 거랬어."

한겸은 헛웃음을 뱉고는 입을 열었다.

"휴, 오늘 보답한다는 사람이 왜 이렇게 많아. 무슨 날인가?"

한겸의 말에 대화를 듣고 있던 종훈이 입을 열었다.

"왜? 윤 프로님도 뭐 보답하신다고 그랬어?"
"그건 아니고요. 일 잘하는 게 보답하는 거라고 그러시더라고
요. 아마 저희한테 도움 많이 받았다고 생각하시나 봐요. 도움
을 줬다기보다는 윤 프로님이 필요해서 한 건데."
"그래도 윤 프로님은 도움을 받았다고 생각할 수 있지. 나 같
아도 그랬을 거 같은데. 나만 해도 네 덕분에 좋은 회사에 다닐
수 있어서 항상 고마운데. 그래서 더 열심히 하고."
"이 오빠는 또 그런 말 하네."

한겸이 수정에게 혼나는 종훈을 보며 웃을 때, 옆에 있던 범
찬이 한겸의 어깨에 손을 올리며 말했다.

"넌 인생을 너무 몰라."
"뭔 소리를 하려고."
"원래 인생은 기브 앤 테이크거든. 주는 게 있으면 받는 게 있
어야지. 우리가 그만큼 많이 줬으니까 받는 건 당연하지. 파우

스트만 해도 우리가 잘했으니까 이렇게 받는 거고."

"다 돈 받고 한 거잖아."

"받은 돈보다 더 많이 줬으니까 돌려받는 거 아니야."

"우리도 받았으니까 또 돌려줘야겠네?"

"세상 참 규칙적으로 사네. 고마움에 한 성의 표시까지 돌려보내는 건 아니지. 여기서 끝! 그리고 처음부터 다시! 오케이?"

범찬의 당당함에 한겸은 피식 웃었다. 파우스트의 광고를 오래 맡았던 것도 아니고 지금처럼 홍보를 해준 것도 아니었다. 한 것이라고는 이벤트에 대한 아이디어와, 댓글을 포스터로 제작하는 것이 다였다. 지금처럼 홍보까지 신경을 썼다면 얼마나 성공했을지 단번에 알 수 있었겠지만, 지금은 추측하는 게 전부였다.

"다음에 파우스트 신제품 나오면 우리한테 광고 맡기시겠지?"

"그렇겠지!"

"그럼 그때 광고 잘 만들어 드려야겠다."

"그렇지! 그게 맞지. 이제 좀 세상 살 줄 아네. 그게 바로 기브 앤 테이크거든."

"하하, 말은 참… 아!"

한겸은 범찬을 보며 눈을 깜빡거렸다. 그러자 범찬도 이제는 익숙한지 한겸을 보며 씨익 웃었다.

"뭔데? 내가 한 말 어디에서 무슨 힌트를 얻었어?"

"전부 다."

"내 말이 진리지?"

"어. 대단하다."

그 모습을 보던 종훈이 웃으며 질문을 했다.

"너희 둘은 진짜 잘 맞는 거 같아. 우리도 좀 알려줘."

한겸은 피식 웃고선 입을 열었다.

"범찬이가 했던 말을 마리아톡에 사용할 수 있을 거 같아서
요. 물론 우리는 의뢰를 받고 파우스트 일을 한 거지만, 이렇게
잘될 거란 건 몰랐잖아요. 그러니까 우리가 모르는 사이에 남들
에게 도움이 된 거죠."

"그렇긴 하지."

"그리고 권 대표님이 판매자는 물론이고 구매자들도 포인트를
얻을 수 있다고 했잖아요. 그 포인트로 다른 물건을 살 수도 있
다고 했고."

"그렇지."

"기브 앤 테이크가 잘 맞지 않아요? 그리고 마리아톡이 기부
를 목적으로 만들어졌으니까……."

한겸의 말이 끝나기도 전에 함께 있던 세 사람이 동시에 입을
열었다.

"기부 앤 테이크!"

세 사람은 서로를 보며 손뼉까지 쳤고, 한겸은 웃으며 고개를 끄덕거렸다.

"기부하면서 얻을 수 있는 게 실질적인 물건도 있지만 심적인 만족감도 있으니까 괜찮을 거 같은데요. 기부 앤 테이크."

*   *   *

다음 날. 한겸은 우범으로부터 마리아톡 권 대표가 수락했다는 말을 전해 들었다. 수락할 거라고는 예상했지만 생각보다 결정이 빨랐다.

"너희가 말한 대로 수정하기로 결정했단다. 그것도 만장일치로."
"결정이 엄청 빠르네요."
"그만큼 좋으니까. 자기들도 알아보고서 결정했겠지."

한겸은 웃으며 범찬을 봤고, 범찬은 별것 아니라는 듯 어깨를 으쓱거렸다.

"그래서 일주일 정도 서버를 닫고 수정을 한다고 하더군."

"일주일 만에 된대요?"

"큰 틀에서 벗어나는 건 아니니까 수정은 금방이라고 하더군. 네가 저번에 말했던 것처럼 그 칸을 여는 일정 조건을 부여하는 게 더 어렵다고 했다. 그리고 오픈은 일정에 맞게 서비스하기로 했다. 다음 주겠지."

"어떻게 바뀔지 궁금해지네요."

"잘하겠지. 광고 기획은 마리아와 계속 얘기하면서 진행하게 될 거다. 방향은 어떻게 나갈 생각이지?"

우범의 질문에 팀원들이 환하게 웃었다. 어젯밤부터 퇴근할 때까지 회의를 진행했고, 오늘 출근해서도 지금까지 그 부분에 대해서 회의를 하고 있었다. 그 덕분에 약간의 방향을 잡을 수 있었다.

"마리아톡과 기부를 하나처럼 광고하려고 해요. 마리아톡에서 플리 마켓에 올라온 물건을 팔아 기부를 하거나 구매를 하면 포인트가 쌓인다고 했잖아요. 그 부분을 중점적으로 나아가려고요."

"음, 그럼 너무 상업적으로 보일 수도 있을 것 같다."

"그렇기도 한데요. 아무래도 온전히 100% 기부를 하는 건 아니잖아요. 기업이다 보니까 이게 맞는 것 같아요. 그리고 권 대표님도 더 많은 사람들이 쉽게 다가갈 수 있는 걸 원했으니까 그 부분을 노리려고요."

"대략 어떤 방법이지?"

"아직 전체적인 구상은 안 됐는데 예를 들면 당신의 선행이 포인트로 돌아옵니다. 기부 앤 테이크."

"음? 기브 앤 테이크?"

"아니요! 기부 앤 테이크."

"아, 기부……."

"이게 언어유희 같은 건데요. 젊은 층만 이해할 수 있는 그런 건 아니거든요. 지금은 부모님또래 50, 60대도 메신저를 사용하시니까 어느 정도 눈에 익었을 거라고 판단했어요. TV에서 종종 나오기도 하고요. 그래서 그분들도 보고 단번에 알 수 있을 것 같더라고요."

우범은 기발한 생각에 헛웃음을 뱉었다. 그때, 옆에 있던 범찬이 한겸을 툭 치며 말했다.

"너, 대표님 무시하냐? 50, 60대도 안다면서 못 알아듣는 사람한테 설명하는 것처럼 왜 이렇게 친절하게 설명해."

"하하, 그냥 설명이지."

우범은 피식 웃고선 입을 열었다.

"알아들었다. 괜찮은 것 같다. 그럼 박재진 씨를 모델로 하는 건 변함없고?"

"네, 아직 라온에서 대답은 없었는데 수락하면 일단 모델은 박재진 씨로 하려고요. 저희가 조사한 바로는 메신저가 성공하기 위해선 메신저 자체도 중요한데 유명 인사의 도움이 있어야 되거든요. 그래서 계약을 할 때 지속적으로 노출시킨다는 조항도 넣으시는 게 좋을 거 같아요."

우범이 고개를 끄덕거릴 때, 팀원들과 눈빛을 주고받은 한겸이 조심스럽게 입을 열었다.

"그리고 저희가 생각을 했는데 기업에서 후원을 받는다고도 했잖아요."

"그랬지. 포인트로 구매할 수 있는 건 기업에서 후원을 받는 거라고 했지."

"그 부분에 대해서 조금 자세히 알 수 있을까요?"

"왜 그러지?"

"보통 메신저에서 기업 제품 홍보도 많이 하거든요. 마리아톡도 크게 다르진 않을 것 같아서요. 그런데 그냥 무료로 후원을 받으려는 건지 궁금해요. 그리고 후원을 받으면 그걸로 끝내는 건지, 아니면 포인트로 구매한 걸 기업 이름으로 다시 기부를 하는 건지도 궁금하더라고요."

"음. 차이점이 있나?"

"무료로 후원을 받는다면, 그 속에 홍보를 해주겠다는 게 내포되어 있을 것 같거든요. 배너라든지, 상품을 노출시킨다든지. 그렇지 않을까요? 물론 나중에 마리아톡이 인기를 얻는다면 얘기가 달라지겠지만 지금은 후원을 받아야 하니까요."

"아무래도 그렇겠지. 기업도 이익이 있어야 하니까. 네 말대로 마리아톡이 인기를 얻는다면 오히려 자기들 제품을 후원하고 싶다고 하겠지. 홍보비는 물론이고."

"그런데 포인트로 구매한 만큼 기업들 이름으로 기부를 하게되는 식이면 딱히 홍보를 하지 않아도 될 것 같아서요."

"그럼 마리아가 남는 게 너무 없다. 그 포인트만큼 마리아에서 지불해야 하는 형식이 될 텐데 그건 힘들 거다."

"그럼 무료 후원이겠네요."

한겸은 회의하며 적어둔 메모를 보며 설명을 이었다.

"이건 저희가 생각해 본 거거든요. 아무래도 기부 앤 테이크를 강조하기 위해서는 제품도 보여줘야 해서요. 그래서 생각한게, 후원해 주는 기업에서 약간 디자인을 변경하는 거예요. 일종의 리미티드 에디션이라고 보면 될 것 같아요. 마리아톡을 제외하고는 어디서도 구할 수 없는 그런 제품이죠. 예를 들면 파우스트에서 보낸 Far free 있잖아요. 그 Far free 양쪽에 마리아의 로고인 날개를 단다든지."

가만히 얘기를 듣던 우범은 이내 고개를 가로저었다.

"그건 어려울 것 같다. 말 그대로 후원인데, 그 후원에 요구를 하는 건 말이 안 된다."

"요구가 아니라 홍보를 할 수 있는 기회를 주는 거예요. 기부를 한다고 하면 대중들에게 착한 이미지를 얻을 수 있잖아요?

그걸 이용해서 홍보를 하는 거죠."

우범은 피식 웃고선 입을 열었다.

"기업들마다 찾아가서 디자인 변경을 요구한다면 들어줄 것 같다고 생각한 거냐? 공정이 바뀌게 될 텐데 그게 다 돈이다. 얼마 안 되는 물건을 찍기 위해서 공정을 바꾸는 건 말이 안 된다. 기부가 목적이면 그냥 기부를 하고 그 내용을 기사화하는 게 더 쉽지."

"그런가요? 많은 기업은 아니고 일단 한 곳이라도 시작해서 이익을 본다면 다른 곳들도 한다고 하지 않을까요? 그게 광고인데."

"과연 그런 걸 어디에서 할까?"

우범은 아직 기업이란 곳에 대해 잘 모르는 팀원들을 보자 이제야 나이에 맞는 것처럼 보였다. 그때, 한겸이 웃으며 입을 열었다.

"파우스트에서 할 수도 있을 것 같아요."

"파우스트?"

"Far free 홍보 이벤트를 저희가 했었거든요."

"알지. 그런데 그 이벤트를 했다고 도움을 줄까?"

"도움은 아니죠. 서로 윈윈하는 거라고 생각해요. 대표님도 파우스트에서 보낸 신발 보셨어요?"

"봤다. 파란색."

"제 거는 회색이고, 수정이는 보라색에 핑크색도 섞여 있고.
색이 다양하더라고요. 찾아보니까 총 9가지 종류고요."

"그래서 하고 싶은 말은?"

"파우스트에서 신제품 출시보다 잘나가는 Far free를 여러 색
버전으로 출시했는데, 그 홍보를 전혀 안 하고 있어요. 그런데
기업이미지도 올리면서 제품까지 홍보할 기회가 생긴다면 하지
않을까요? 자세히는 모르겠지만, 마케팅 비용과 비슷할 것 같은
데요. 마리아에서도 마리아톡에만 제공하는 제품을 만드는 회
사에 혜택 같은 걸 준다면 괜찮을 것 같아요. 가장 우선적으로,
제품을 노출시킨다든지."

"음……."

"Far free만이 아니라 찾아보면 홍보가 안 된 제품들이 엄청
많더라고요. 그 제품들을 광고 속 박재진 씨가 신거나, 입거나,
사용하는 장면을 담을 거고요."

"2차 광고가 되겠군."

"네, 그래서 기업 후원에 대해 자세히 알고 싶었어요."

"허……."

한겸의 설명을 들은 우범은 잠시 생각에 잠겼다. 만약 자신이
파우스트의 대표였다면 이런 기회를 놓치지 않을 것 같았다. 그
저 메신저 후원으로 끝난다면 생각할 가치도 없었지만, 광고 영
상에까지 나오게 된다면 얘기가 달랐다. 그때, 한겸이 웃으며 말
을 이었다.

"범찬이가 주고받는 거라고 하더라고요, 하하. Far free 보다가 그렇게 하면 모두가 윈윈할 수 있지 않을까 싶었고요."

"그래. 좋다. 괜찮네. 이럴 게 아니라 자세히 알아봐야겠군. 그 후에 일단 파우스트, 마리아 두 곳과 동시에 미팅을 하는 게 좋겠다."

"그럼 저희는 그동안 지금 기획을 자세히 짜볼게요."

"그래."

그때, 한겸의 휴대폰이 울렸다. 번호를 확인한 한겸은 우범에게 양해를 구하고선 통화 버튼을 눌렀다.

"네, 이 부장님."

—아이고, 김 프로님! 오래 기다리셨죠?

"아니에요. 박재진 씨는 어떻게 됐어요?"

—다들 긍정적이기는 하거든요. 그래도 일단은 광고 방향이나 시놉 같은 걸 확인해야 할 거 같아요. 괜찮을까요?

아직 광고 시놉시스가 잡혀 있는 상태가 아니었기에 한겸은 잠시 생각을 하고선 입을 열었다.

"지금은 자세히 잡혀 있는 건 없고요. 조만간에 광고주와 미팅할 것 같은데 같이 미팅하시는 게 어떨까요?"

—광고주하고 미팅하면 조금 부담스럽지 않을까요? 만약에 너

무 상업적이고 그러면 거절하기 애매한데.

"저희한테 나중에 따로 말씀해 주시면 돼요. 지금까지 나온 얘기로는 만족하실 것 같아요."

—그래요? 역시 자신감 하면 김 프로님입니다. 하하, 그럼 일정 잡히는 대로 연락 주세요.

"그럼 박재진 씨 녹화 있는 수요일 빼고 연락드리면 될까요?"

—하하, 그런 것까지 기억하시고. 그렇게 해주시면 저희야 감사하죠.

"알겠습니다. 그럼 미팅 잡히는 대로 연락드릴게요."

통화를 마친 한겸은 우범과 팀원들을 보며 곧바로 통화 내용을 전달했다. 그러고는 우범에게 말했다.

"같이 있을 때 설명하는 게 좋을 것 같아서 저렇게 잡았는데 괜찮아요?"

"괜찮지. 모델의 입장도 들어볼 수 있으니까. 그럼 서둘러서 준비를 해야겠군."

*   *   *

며칠 뒤. 우범과 함께 마리아톡 회사가 있는 영등포에 도착한 한겸은 서둘러 걸음을 옮겼다.

"투자받았다고 해서 회사 큰 줄 알았는데 저희 회사보다 작네요."

"그렇지. 애초에 목적이 기부고 이익은 그다음이니까."

한겸은 도착한 건물을 쳐다봤다. 8층이라고 들었는데 그 흔한 간판조차 없었다. 이 건물에 마리아가 있다는 걸 알 수 있는 방법은 오로지 건물 안 경비실에 매직으로 적어놓은 건물 안내판이 전부였다.

"남들을 위해 사는 사람이 정말 있는지 처음 알았어요."

"나도 처음 봤다. 대단한 사람들이지. 올라가자."

엘리베이터에 올라탄 우범이 한겸을 보며 입을 열었다.

"그래서 걱정이지."

"뭐가요? 아, HT에 인수되면 상업적으로 변할까 봐요?"

"아무래도 기업의 목적이 이익이다 보니 걱정은 된다."

"그래서 우리한테 광고 맡긴 거 아닐까요? 지금 이 운영을 확실하게 퍼뜨려서 HT에서도 너무 많이 바꾸지 못하게 하려고요."

"그래. 물론 우리는 돈을 받고 일을 하지만 지금 마리아는 많은 사람들이 사용했으면 하는 게 바람이다."

"열심히 만들게요."

한겸은 주먹을 불끈 쥐며 웃었고, 우범은 그럼 한겸을 보며 미소 지었다. 그사이 엘리베이터가 8층에 도착했다. 그러자 바로 앞에 천사 날개가 그려진 문이 보였다. 한결은 문을 한 번 보고 선 서둘러 안으로 들어갔다.

"아! 성 대표님, 김 프로님! 어서 오세요!"
"안녕하십니까."
"안녕하세요."

한결도 인사를 하고선 사무실을 둘러봤다. 모든 직원들이 소통할 수 있게 뻥 뚫려 있는 구조가 C AD의 사무실과 비슷한 느낌이었다. 그러다 보니 모든 직원들의 시선을 한 몸에 받고 있었다. 한결은 어색하게 웃으며 권 대표의 안내를 받아 탁자에 자리했다.

"사무실이 조금 뚫려 있어서 좀 그렇죠? 하하."
"아닙니다. 저희 사무실도 이럽니다. 의견 나누기에 최적화된 형태죠."
"하하, 말씀 감사합니다. 아직 파우스트하고 라온에서 오려면 시간이 좀 남았으니까 그동안 먼저 자료 좀 보고 계시죠. 저희 직원들이 머리 부서져라 고민해서 내놓은 겁니다. 하하."

권 대표는 준비한 자료를 우범과 한결에게 건넸고, 한결은 궁금한 마음에 서둘러 자료를 넘겼다. 그리고 말없이 자료를 보기 시작했다. 한참이나 자료를 보던 한결이 웃었다. 그러더니 자신의 휴대폰을 꺼내고서 잠시 살펴본 후 입을 열었다.

"괜찮네요. 그런데 어떻게 열리는 건지 알려주지 않으면 저 같은 사람은 평생 한 칸이겠네요."

"그래요? 저희가 알아본 바로는 보통 메신저를 하면 친구가 50명은 기본이던데. 그래서 거기에 조금 더해 100명입니다. 혹시나 김 프로님처럼 친구가 적은 사람들이 있을 수 있어서 마리아톡 자체에서 친구 추가 기능도 설정했습니다."

"그럼 두 번째 칸 열리면 모르는 사람들하고 친구 하고 그래야겠네요."

"하하, 그렇죠. 기존의 친구들도 데려오고 또 새로운 친구도 사귀고. 그리고 칸을 여는 순위를 매겨 테두리도 변경할 수 있고요. 확실히 경쟁심리가 생기겠죠? 하하."

한겸은 웃으며 고개를 끄덕거렸다.

"오픈 조건은 자료에서 빼주세요. 그럼 박재진 씨가 알잖아요."

"아! 그렇겠네요. 하하."

*　　　　*　　　　*

권 대표가 잠시 자리를 비운 사이에도 한겸은 마리아에서 준비한 자료를 보며 수시로 놀랐다. 자료에서부터 상당히 많은 고민을 하고 준비했다는 것이 느껴졌다. 매 칸이 열리는 조건부터 앞으로의 회원 관리 및 후원받는 기업에 대한 혜택 등, 굉장히 세부적으로 준비를 한 상태였다. 한겸이 시간 가는 줄 모르고 자료를 볼 때 옆에서 익숙한 목소리가 들렸다.

"김 대표님! 오랜만입니다! 아! 제가 실수했네요. 김 프로님!"

"어, 임 부장님 오셨어요. 오랜만이에요."

"하하, 이렇게 또 뵙게 되네요."

파우스트의 임 부장이 무척이나 반가워하는 표정으로 인사를 건넸다. 우범과 임 부장은 초면이었기에 한겸이 직접 서로를 소개했다. 그러고는 옆에 앉은 임 부장에게 말했다.

"Far free 판매 잘되고 있어요?"

"그럼요. 그때 그 이벤트 이후로 매출은 꾸준합니다. 지금은 약간 떨어지긴 했는데 여러 컬러로 내놓았으니 다시 오를 것 같습니다. 하하, 소비자들이 꾸준하게 다른 색상은 없냐고 물었었거든요."

"소비자들 의견이에요?"

"그럼요. 그 이벤트 이후로 정말 많은 걸 배웠습니다. 소비자들이 참여한다면 제품 품질도 올라갈 수 있고 애착을 가질 수도 있더라고요. 지금 준비 중인 운동화는 기획 단계부터 소비자들이 참여합니다. 하하."

"모디슈머네요."

"아! 역시 알고 계시네요!"

조그맣게 박수까지 보내는 임 부장의 모습에 한겸은 가볍게 웃었다. 소비자들의 요구를 선별해서 제품에 적용시키는 일은 어려운 일이었지만, 제대로 해낸다면 효과가 있는 건 사실이었다. 소비자와 소통이 중요하다는 걸 아는 파우스트라면 잘 해나갈 수 있을 것 같았다. 그때, 임 부장이 주변을 두리번거리며 입을 열었다.

"그런데 저희가 대략적으로 알기는 하는데 자세히 어떤 일인가요?"

"어디까지 알고 계세요?"

"여기 마리아에 대한 거랑 후원 정도가 다예요. 아! 무슨 디자인 변경이 가능한지 물어보더라고요."

　한겸이 생각한 걸 마리아 측에 전달했고, 마리아 측에서 그 내용을 파우스트에 전달했다.

"그래서 하시기로 하셨어요?"

"그건 아직 결정을 못 내렸습니다. 일단 들어보고 결정하자고 해서요. 원래 조금 부정적인 반응이 있었는데, 김 프로님이 하신다는 거 듣고 다들 반응이 싹 바뀌었습니다. 하하."

"열심히 만들어야겠네요. 조금 이따가 다른 분 오시면 설명하실 거예요. 잠시만 기다리세요."

한겸이 웃으며 말을 할 때, 마지막으로 기다리던 박재진과 이종락이 등장했다. 박재진은 임 부장과 마찬가지로 다른 사람들보다 한겸에게 가장 먼저 인사를 건넸다.

"어! 김 프로님! 연락한다, 한다 하면서 못 하고 이렇게 보네요!"

그러자 이종락이 박재진에게 눈치를 줬다. 그러자 박재진이 웃으며 주변에 있던 권 대표와 우범에게 인사를 건넸다.

"김 프로님을 너무 오랜만에 봬서 실례를 했습니다. 반갑습니다. 박재진입니다."
"하하, 괜찮습니다. 앉으시죠."

박재진은 한겸을 보며 웃더니 바로 옆자리에 앉았다. 그러다 보니 한겸의 양쪽에 임 부장과 박재진이 자리하게 된 상태였다. 그 상태로 회의가 시작되었고, 권 대표가 직접 설명을 하며 회의를 진행했다.
한참이나 마리아톡에 대한 설명이 이어졌다. 자료에는 없지만 실제로 있었던 예를 들어가면서 하는 설명에 한겸도 관심을 보였다. 그렇게 한참이 지나서야 설명이 끝났다. 그러자 가장 먼저 입을 연 건 이종락이었다.

"최근 보이는 착한 기업이라는 것이군요. 마리아톡에 대한 취지는 잘 알겠습니다. 그런데 광고에 대한 얘기는 없네요."

"그건 잠시 뒤 C AD 김 프로님이 설명하실 겁니다."

한겸이 설명을 한다고 하자 이 부장이 곧바로 수긍했다. 권 대표는 그 모습이 무척이나 인상적으로 다가왔다. 모든 사람이 대표가 아닌 한겸에게 친근함을 보이는 것이 신기했다. 마리아가 도움을 받았던 것만큼 저 사람들도 도움을 받았을 것이 확실했다. 지금 자리한 사람들이 한겸을 보는 눈빛만 봐도 무척 신용하고 있는 것처럼 보였다.

처음 미팅에서 했던 플리 마켓 칸에 대한 얘기부터 얼마 전 했던 기업 후원에 대한 얘기까지 전부 마리아톡을 완성시키는 데 큰 도움이 된 의견들이었다. 그때, 한겸이 조용히 손을 올렸다.

"이제 뒤에 나올 얘기는 광고에 대한 얘기가 겹치니까 제가 설명을 해도 될까요?"

"아, 네. 그러시죠."

"제 설명 중에서 마리아톡에 대해 빠진 부분이 있으면 언제든지 말씀해 주세요."

권 대표가 고개를 끄덕거리자 한겸이 입을 열었다.

"먼저 기업 후원에 대한 얘기를 할게요. 일단 기업에서 후원을 하게 되면 마리아톡 포인트 판매 목록에 자리하게 돼요. 맞죠?"

"네, 맞습니다. 순서대로 하고 싶지만, 아무래도 기업에서 후원을 하는 크기가 다르다 보니 그 크기순으로 배열하게 됩니다. 그래도 검색은 가능합니다."

"네, 지금 권 대표님께서 아직 말씀 안 하신 부분이 있어요. 그건 제가 설명하기로 해서 안 하신 거거든요."

한겸은 임 부장을 보며 말을 이었다.

"후원하시는 만큼만 제품 디자인 변경이 가능할까요?"

"음… 김 프로님을 못 믿는 건 아니지만, 이유를 좀 들어봐야 할 것 같습니다."

"서로 상생할 수 있는 일이라고 생각해요. 디자인은 마리아에서 준비를 할 거예요."

그러자 권 대표가 입을 열었다.

"디자인 변경되는 제품들 모두가 저희 마리아 로고인 날개가 들어가는 형식이 될 겁니다. Far free 경우에는 신발 양측에 천사 날개 그림이 달리는 형식이 되겠죠."

"네, 뭐. 그런데 후원은 저희가 하는데 디자인 변경으로 인해 공정이 바뀌면 그 비용까지 저희가 부담해야 하는 건가요? 그게 서로를 위한 상생인지 조금 의문이 드네요."

임 부장이 질문을 하자 이번에는 한겸이 나섰다.

"디자인 변경을 하신다면 포인트 판매 목록 중 가장 위에 자리하게 될 거예요. 그것도 천사 날개가 달린 채로요. 아무리 새 로고침을 해도 그 자리는 고정이고요. 노출을 계속 시킬 수 있는 거죠."

"음, 그렇군요. 광고가 되겠군요."

"그리고 마리아에서는 판매가 아니라 후원을 했다는 점을 계속해서 강조할 거고요. 그럼 파우스트 이미지도 올라가겠죠? 물론 다른 기업들도 후원을 하겠지만, 가장 위에 있으면 어떻게 보일까요?"

"선두? 가장 많은 후원을 했다고 생각하지 않을까요?"

"네, 그만큼 기업이미지에 도움이 될 겁니다. 그리고 그 이미지를 유지하기 위해서 디자인이 변경된 물건은 따로 판매하지 않았으면 해요. 그럼 제품을 팔기 위해 광고한 걸로밖에 보이지 않거든요. 대중들이 후원을 광고 수단으로 생각할 수가 있어요. 물론 따로 마리아에서도 제품 설명에 마리아 에디션이라고 적어놓을 거고요."

한겸의 말을 듣던 권 대표가 자료를 뒤적거리며 설명을 보탰다.

"맞습니다. Far free를 강조하면서 마리아에서만 만나볼 수 있는 리미티드 에디션이라고 제품 설명을 적어놓을 예정입니다."

한겸은 미소 지은 채 말을 이었다.

"Far free에 대한 홍보를 계속해서 할 수 있죠. 그리고 디자인
을 변경하신다면 저희가 만드는 광고에서 박재진 씨가 날개 달
린 Far free를 신고 나오실 거예요. 자연스럽게 노출까지 되겠죠.
이건 계속 진행할 수는 없고, 이번 광고가 나오기 전 디자인 변
경을 수락한 기업에 한해서만 진행될 거예요."

"오……."

"파우스트는 디자인 변경 시 들어가는 비용을 홍보비로 지출
했다고 생각하시면 될 것 같아요. 그래서 서로 상생하는 거라고
말씀드린 거고요."

임 부장은 대답하기 전 머리가 빠르게 돌아갔다. 한겸이 말한
대로 디자인을 변경한다면 원래 Far free에 날개를 붙이는 공정
만 추가하면 된다. 확인을 해봐야겠지만 그렇게 복잡할 것 같지
는 않았다. 오히려 그로 인해 광고를 할 수 있다면 훨씬 싸게 먹
힌다고 생각했다. 임 부장은 역시 한겸이라고 생각하며 고개를
끄덕거렸다.

"일단 회사에 보고를 해봐야 하겠지만, 정말 좋은 내용 같습
니다. 광고는 김 프로님이 제작하시니까 분명히 좋을 거고, 거기
에 모델까지 분마 박재진 씨니까 회사에서도 긍정적으로 생각할
것 같습니다."

임 부장의 말을 듣던 박재진은 조용하게 헛기침을 뱉었다. 아무리 분마가 아니라고 해도 자신이 분마라고 하는 말이 공공연하게 나돌고 있었다. 한겹이 어색한 표정의 박재진을 보며 미소를 짓고 말했다.

"오래 기다리셨죠? 광고를 제작하기 앞서 기업들의 도움이 필요해서 확인을 먼저 했어요."

"괜찮습니다."

"네, 그럼 이제 광고에 대해서 말할게요. 계약은 1년 동안 마리아의 전속모델이 되실 거고요. 영상광고 1편에 인쇄광고물 1편이 될 거예요."

그러자 대화를 듣고 있던 권 대표가 조심스럽게 입을 열었다.

"계약금은 총 7,000만 원입니다. 박재진 씨의 명성에 비하면 적은 편이기는 하죠."

조심스러운 권 대표와 달리 박재진과 이종락은 크게 신경 쓰는 분위기가 아니었다. 이종락은 덤덤한 표정으로 입을 열었다.

"저희가 이 광고를 맡으면 어차피 계약금 전부 기부해야 될 판인데 그건 별로 안 중요하죠. 이미지를 올리는 게 더 중요합니다. 그런데 영상광고는 1편인데 계약기간은 1년이요?"

이종락은 의아한 표정이었다. 보통 1년 계약을 하면 영상광고를 최소 2편, 많게는 3, 4편까지 찍는데 너무 적었다. 그때, 한겸이 설명을 이었다.

"네. 촬영은 그것으로 끝이고요. 만약에 추가되는 건 따로 계약을 하게 되겠죠. 대신 다른 조건이 있어요. 매달 1회 이상 마리아톡을 사용한 걸 SNS에 게재하셔야 해요."

"그거야 뭐 재진이 형이 SNS를 잘 안 해서 저희가 관리하거든요. 그 문제는 괜찮을 것 같네요. 광고 방향도 너무 상업적이지는 않을 것 같고요."

"맞아요. 저희가 광고 내용에 담으려는 내용은 기부를 하고 그로 인해 얻을 수 있는 것도 있다는 것이거든요."

한겸은 회의에 참석한 사람들을 보며 씨익 웃고선 입을 열었다.

"기부 앤 테이크."

"기부 앤 테이크요? 오, 재밌는데요."

"광고 속에 그걸 다 담으려고 해요. 그래서 전에 찍으셨던 광고들과는 다를 거예요."

그 말을 들은 박재진이 흥미롭다는 표정으로 질문을 했다.

"분트 광고요? 아니면 분마… 아……."

박재진은 이리저리 눈치를 보더니 헛기침을 뱉었다. 이미 회의에 참석한 사람들은 고개를 돌리고 피식 웃었고, 이종락은 못말린다는 듯 고개를 저었다. 박재진은 숨을 크게 들이켜고선 서둘러 말을 돌렸다.

　"제가 광고 찍은 게 다 김 프로님하고 찍은 건데요."
　"네, 그런 광고들하고는 다를 거예요."
　"어떤 식이에요?"
　"일종의 리뷰 같은 형식이 될 거 같아요. 시작은 박재진 씨가 집을 둘러보다가 필요 없는 물건을 발견하는 거예요. 다들 버리기는 아깝고 사용은 안 하는 그런 물건 있잖아요. 사놓고 안 어울려서 못 입는 옷이라든지. 보통 사람들이 연예인을 생각하면 옷방을 가득 채울 정도로 옷이 많다고 생각하잖아요."
　"일반적으로는 그렇죠."
　"그걸 어떻게 처분할까 하다가 옷 자체를 기부할까 생각하는 거예요. 그런데 옷들이 너무 화려해서 기부를 해도 안 입을 것 같다는 생각에 포기를 하는 거죠. 그러다가 마리아톡을 떠올리는 거예요. 그리고 그 옷들을 마리아톡 플리 마켓에 올리는 거죠. 곧바로 그 물건을 사겠다는 사람이 나타나고요. 화면을 스킵해서 옷들을 전부 판매했다는 걸 보여줄 거예요. 그러고는 박재진 씨가 마리아에 쌓인 금액을 보면서 말하는 거죠. '이 포인트는 뭐지?' 그리고 그 포인트를 사용하는 방법을 찾는 거죠. 그리고 대사를 하는 거예요."

"기부 앤 테이크?"

"네. 아직 정해지진 않았지만 이렇게 기부를 할 수도 있네, 이런 식으로 말을 해서 기부가 쉽다는 걸 보여주고 마지막엔 포인트로 구매한 물건을 착용하고. 뱉는 말은 기부 앤 테이크가 되겠죠. 일단 확인을 해야겠지만요."

"완전 사용 설명서 같은 거네요."

한겸은 웃으며 고개를 끄덕거렸다.

*　　　　*　　　　*

전체적으로 C AD 기획 팀이 준비한 자료를 바탕으로 만든 기획이었다. 마리아톡에 중점을 두면서 기부와 그로 인해 얻을 수 있는 것에 관심을 보이게 할 수 있는 방식이었다. 새로운 콘텐츠를 가지고 뛰어드는 만큼 마리아톡에 대한 소개가 중요하다고 판단했다.

"온라인 광고가 발달하면서 책상에 제품을 올려놓고 그 제품을 리뷰하는 광고도 정말 많아요. 물론 다 보는 사람은 적을 거예요. 그래도 그만큼 효과가 있어요. 저희는 많은 사람이 볼 수 있도록 다큐 형식이면서 관찰 예능 같은 형식으로 사람들의 관심을 살 계획이에요. 중간중간 변경될 수는 있지만, 큰 변경은 없을 겁니다."

이미 한겹과 작업을 해봤던 박재진은 잘 알고 있었기에 고개를 끄덕거렸다. 그러던 중 옆에 있던 이종락이 여전히 의아해하는 표정으로 입을 열었다.

"그런데 SNS에는 어떤 걸 올리라는 건지."
"SNS도 홍보가 될 거예요."
"그건 알겠는데 그냥 마리아톡에 관한 걸 올리면 돼요?"
"직접 해보시고 궁금하신 내용이나 자랑하고 싶으신 내용을 올리시면 돼요."
"네?"

한겹은 웃으며 휴대폰을 꺼냈다. 그러고는 마리아톡을 켠 뒤 플리 마켓을 보여주며 입을 열었다.

"이게 제 플리 마켓인데요. 지금은 한 칸이지만, 총 5칸까지 열 수 있어요. 그다음 칸을 어떻게 열까요?"
"혹시 사야 돼요?"
"아니요. 사는 건 아니에요."
"그럼 어떻게 여는데요?"
"직접 해보시면서 그런 걸 올리시면 돼요."
"그게 다인가요? 조건이 너무 없는데……."
"다른 조건은 표준 광고 계약서고요."
"저희야 좋긴 한데."
"그럼 좋은 쪽으로 생각해 주세요."

"좋고 말고 할 게 어디 있습니까. 제가 전권 위임받고 온 상태라 바로 결정해도 됩니다."

이종락은 의견을 묻듯이 박재진의 얼굴을 쳐다봤다. 그러자 박재진이 고개를 끄덕거렸고, 이종락은 곧바로 입을 열었다.

"바로 계약하시죠. 또 번거롭게 미팅하고 그러지 말고."
"계약하실 건가요?"
"네, 하죠. 이미지도 괜찮을 것 같고. 재진이 형도 괜찮아하는 것 같고요."

덤덤한 표정의 이종락과 달리 권 대표가 오히려 놀란 표정이었다. 이 자리에서 곧바로 계약을 하게 될 줄은 몰랐던 모양이었다. 권 대표는 양해를 구하고는 곧바로 자리로 돌아가 준비한 계약서를 찾아왔다. 그리고 잠시 계약을 하기 위해 대화를 나누기 시작했다.

그러자 파우스트 임 부장이 한겸을 보며 당장 계약하지 못한 걸 미안해하는 표정을 지었다. 한겸은 그런 임 부장을 보며 미소를 지었다.

"이럴 수도 있고 저럴 수도 있는 거죠. 제가 광고 잘 만들 테니까 좋은 쪽으로 얘기해 주세요."
"당연하죠! 저희 파우스트 살려주신 분이 김 프로님 아니십니까. 제가 책임지고 밀어붙이겠습니다!"

"너무 무리하진 마시고요."

그사이 계약을 끝냈는지 권 대표와 박재진이 계약서를 나눠 가졌다. 그러고는 권 대표가 따로 준비한 종이를 내밀었다.

"여기 URL에서 저희 마리아톡을 다운받으시고 코드 입력하시면 베타 서비스를 이용하실 수 있습니다. 회사분들까지 열 분 등록하실 수 있습니다. 제가 메시지로도 보내 드릴 거긴 한데 다른 분들한테 말씀하기 어려우실까 봐 준비했습니다."

"네, 돌아가서 한번 해볼게요."

"잘 부탁드립니다."

"제가 잘 부탁드려야죠. 열심히 준비할게요."

한겸은 박재진을 보며 웃었다. 걱정하지 않아도 누구보다 열심히 준비할 사람이었다. 그런 박재진이 한겸을 보며 입을 열었다.

"다 끝난 거예요?"

"네, 오늘은 여기까지 해도 될 것 같아요. 시놉 같은 건 준비해서 바로 찾아뵐게요."

"김 프로님이라면 잘 준비해 주시겠죠. 그런데 SNS는 언제부터 올리면 돼요?"

"오픈이 이틀 뒤거든요. 이틀 뒤부터 아무 때나 올리시면 돼요."

"알겠어요. 그럼 일은 이제 끝이죠?"

"네, 일 얘기는 여기까지죠."

"그럼 밥이나 한 끼 하자고 하고 싶은데 바쁘시죠?"

"하하, 아니에요. 권 대표님, 임 부장님도 같이 가시죠."

그러자 임 부장이 손사래를 치더니 급하게 입을 열었다.

"아닙니다! 빨리 회사 가서 얘기해야죠! 그럼 조만간 또 뵙겠습니다!"

"식사라도 하고 가시지."

"다음에 제가 좋은 곳으로 대접하겠습니다. 오늘은 빨리 가봐야 할 것 같습니다. 마음이 급해서 체할 것 같거든요."

임 부장의 과장된 몸짓에 한겸은 피식 웃었고, 임 부장은 서둘러 나갈 채비를 했다.

*   *   *

이틀 뒤. 마리아톡을 앱스토어에서 다운받을 수 있게 되었다. 이미 베타 서비스를 해보던 박재진은 앱스토어에서 새롭게 다운을 받은 뒤 마리아톡을 켰다.

"사람들도 그렇고 크게 달라진 건 없네."

"그게 뭔데 그래."

"나 이번에 광고 맡은 거야."

"아, 메신저? 그거 벌써 풀렸어?"

"응, 강유 너도 한번 해봐라."

박재진은 보통 쉬는 날마다 라온 스튜디오에 자리하고 있었기에, 같이 스튜디오에 있던 강유에게 마리아톡을 해보라고 권유했다.

"됐어. 메신저라면서. 그게 그거겠지."

"조금 다르다니까."

"뭐가 달라. 예전에 막 해킹이다 유출이다 해서 잠깐 다른 거 써봤는데 그게 그거더만."

"채팅은 그러겠지. 이거 플리 마켓도 할 수 있다니까."

"팔 것도 없네요. 형도 뭐 팔 것도 없으면서 그런 걸 하고 그래."

"팔 건 많지. 김 프로 말 듣고 집에 보니까 안 입는 옷도 많더라고. 그거 팔려고 하는데 이상하네."

"뭐가 계속 이상해."

강유는 궁금한 표정으로 박재진 옆에 앉았다. 그러고는 박재진의 휴대폰을 살펴보더니 입을 열었다.

"고작 하나밖에 못 팔아?"

"아니야. 이거 늘릴 수 있다고 했는데 어떻게 늘리는지 알 수가 없네."

"그래? 설명서나 공지 이런 거 봐봐."

"안 나와 있으니까 그렇지."

"그럼 김 프로한테 직접 물어봐. 이거 김 프로 의견 들어갔다면서."

박재진은 강유를 쳐다보며 고개를 저었다.

"이미 메시지 보냈는데 직접 알아보래. 그러니까 더 궁금해."

"그래? 이거 어디서 다운받아?"

"앱스토어에서 다운받으면 돼."

강유는 직접 다운을 받더니 박재진의 옆에서 휴대폰을 만지작거렸다. 말없이 두 사람이 휴대폰만 보던 중 강유가 입을 열었다.

"이건 뭔데 상품 준비 중이야?"

"그건 안다. 그거 Far free 한정판일걸. Far free 말고 다른 곳도 있나?"

"Far free? 뭐 검은 머리 파뿌리 그거로 광고하던 운동화?"

"그건 댓글이고, 아무튼 운동화 맞아."

"무료 후원이라는데 생각보다 목록이 많네. 판매하면 기부밖에 안 된다면서 이건 뭐로 사."

"좀 해봐. 해보고 말해."

"참 까칠하시네."

박재진은 들은 체도 하지 않고 휴대폰을 보며 말했다.

"이게 은근히 오기 생기게 하네. 어떻게 여는 거지? 휴대폰을
뿌샤 버리까?"
"이상한 데서 예민하네. 저런 사람을 무슨 인류애가 넘친다고
그러는지."
"그거랑 이거랑 다르지. 나 요즘 정말 착한 일 하려고 공부까
지 한다."
"그러지 말고 SNS에 물어봐. 어차피 형 한 달에 한 번씩 올려
야 된다며."
"아……."
"왜?"
"김 프로가 이래서 직접 해보고 올리라고 했네. 허, 완전……."
"또 손오공 되셨네."

박재진은 강유를 한번 노려보고선 이내 휴대폰으로 전화를
걸었다.

"종락아, 내 SNS 비번 뭐냐."
─뭐 올리려고요. 우리한테 말해요. 우리가 올리게.
"이상한 거 안 올려. 그 마리아톡·광고 올리려고."
─벌써요? 어떤 내용 올릴 건데요.

"너 마리아톡 써봤어?"

ㅡ그럼요. 아, 맞다! 형 두 번째 칸 열었어요?

"어? 너 열었어? 어떻게!"

ㅡ못 열어서 물어봤더니 역시나였네. 그거 물어보려고요?

"어. 비번 좀 문자로 보내줘."

ㅡ올릴 줄 알아요? SNS도 안 하잖아요.

"지금 녹음실이라 강유가 해줄 거야. 빨리 문자로 보내줘."

잠시 뒤 종락에게서 SNS 계정과 비밀번호가 도착했다. 그러자 박재진은 휴대폰을 강유에게 넘겼다.

"내가 스크린샷은 찍어뒀거든. 그것 좀 올려줘."

"좀 배워. 요즘은 SNS 못 하면 노땅 소리 들어."

"노땅은 무슨. 노땅이라는 말도 요즘 애들은 안 쓰는데, 노땅은 네가 노땅이다. 빨리 올려주기나 해."

"뭐라고 올려."

"두 번째 칸 여는 방법 아시는 분? 너무 직접적으로 올리면 그렇겠지?"

"그럼 그냥 두 번째 칸 열고 싶다. 이렇게 쓰면 되겠네."

"좋다. 그렇게 올려줘."

강유는 박재진의 SNS에 사진과 함께 조금 전 말했던 내용을 그대로 게재했다. 그리고 얼마 지나지 않아 엄청나게 많은 양의 댓글이 달렸다.

"형, 인기 엄청난데? 마치 아이돌 같네."

"다 분마 때문에 저러지."

"그래도 대단하네. 그런데 아는 사람이 없는 것 같네. 전부 이게 뭐냐고 물어보기만 한다."

"오늘 오픈해서 그런가?"

"그런가 보네."

그러던 중 강유가 댓글을 보며 헛웃음을 지었다.

"비밀 같은 소리 하고 있네."

"왜? 안대?"

"알기는 뭘 알아. 그냥 관종이지. 원래 이런 애들 많아."

"정말 아는 거 아니야?"

"어이구, 순진하기는. 그냥 형이 알아봐."

그때, 박재진의 휴대폰에 메시지 도착음이 울렸다.

"어? 마리아톡에서 누가 친구 신청했다는데?"

"누가? 종락이랑 회사 애들 전부 나랑 친구인데? 올 사람이 없는데."

그 말을 시작으로 갑자기 마리아톡을 통해 친구 신청을 받았다는 메시지 알림이 계속해서 울렸다.

"어? 왜 이래. 알람부터 좀 꺼봐."

강유가 알림 차단을 하고선 고개를 갸웃거렸다. 그때, 종락에게서 전화가 걸려왔다.

─아오! 진짜! 내가 올려준다고 했잖아!
"왜!"
─형, 왜 SNS에 아이디까지 보이게 올렸어요!
"어? 그냥 스샷 찍어서 올렸는데?"
─괜히 사생활 노출되게 뭐 하는 짓이에요. 왜! 일을 만들어요!
"그래서 마리아톡에 친구 신청 엄청 온 건가?"
─벌써 그러죠? 일단 내렸어요. 아이참, 진짜.
"몰랐지. 깜짝 놀랐네."

통화를 마친 박재진은 어색하게 웃었다. SNS를 안 하다 보니까 생각지 못한 일이 일어났다.

"사진에 내 아이디 있었나 봐. 잘 좀 확인하고 올리지. 이 노땅아."
"나 형 매니저 아니다. 그런데 사람들은 이 아저씨하고 친구해서 뭐 하려고 이렇게 친구 신청을 보낸대. 참 신기한 사람 많다니까."

잠시 뒤 회사에서 게재물을 내린 덕분인지 친구 신청이 잠잠해졌다. 박재진은 그제야 다시 휴대폰을 집어 들고선 마리아톡에 접속했다.

　"와, 그 짧은 사이에 281명이 친구 신청 보냈다. 지금 한 명 더 늘었네."

　"대단하네."

　"이거 이렇게 내버려 둬도 되나?"

　"아이디 노출돼서 내일이면 인터넷에 다 퍼지겠네. 아예 아이디를 아예 하나 새로 파든가. 아니면 다 받아주고 인류를 사랑하는 남자로 남든지."

　"아냐, 이미지 관리 힘드네. 휴, 일단 일괄 수락."

　박재진은 웃으며 일괄 수락을 눌렀다. 그러자 너무 많은 양 때문인지 잠시 멈춤 현상이 생긴 뒤 친구 수락이 완료되었다. 그와 동시에 마리아톡 가운데에 메시지창이 도착했다. 또 친구 수락인 줄 알고 창을 보던 박재진은 다른 내용임을 확인하고선 휴대폰에 얼굴을 들이밀었다.

　"또 친구 추가야?"

　"크크, 강유야."

　"왜 저렇게 웃어."

　"크하하. 야, 강유야. 이거 봐라."

"뭔데. 어? 두 번째 칸 열렸어? 어떻게 열었어?"
"크하하하. 비밀이야. 야, 이거 SNS에 올려줘. 그럼 알려줄게."

박재진은 무척이나 신이 난 표정으로 강유에게 휴대폰을 건넸다. 그러자 강유도 궁금했는지 군소리 없이 시키는 대로 움직였다.

"아이디 잘 가리고. 첫 번째로 두 번째 칸 연 사람."
"형이 첫 번째인지 어떻게 알아."
"사진 잘 봐. 메시지로 적혀 있잖아. 첫 번째로 칸 연 거 축하한다고."
"헐. 짱이네."

강유는 박재진이 시키는 대로 SNS를 게재했고, 잠시 뒤 또다시 이종락에게 전화가 왔다.

"야, 아이디 지웠는데 왜 전화했어?"
―아니, 형! 두 번째 어떻게 열었어요?
"푸하하하."

$$*\qquad\qquad*\qquad\qquad*$$

회사에 자리한 한겸 역시 박재진의 SNS에 올라온 사진을 보던 중이었다. 두 번째 칸의 첫 주인공이 박재진이 될 거라고는 예상하지 못했다.

"이 아저씨는 뭐든지 열심히네. 뭐만 맡기면 아주 죽어라 하
네."
"그러게. 어떻게 이렇게 빨리 열었지?"
"연예인이잖아. 연예인이면 가능하지. 조금 인지도 있으면 쉬
운 조건이니까."
"그렇긴 하지. 그래도 세 번째부터는 조금 힘들겠지?"

한겸의 말에 범찬이 고개를 끄덕거렸다.

"그런가. 판매 10번에 구매 10번이면 조금 오래 걸릴 거 같긴
하네."

그때, 수정이 고개를 저으며 말했다.

"박재진 씨 판매 벌써 3번째일걸. 여기 첫 번째 칸 밑에 3이라
고 적혀 있잖아."
"벌써?"
"응. 구매는 몰라도 판매는 금방 달성할 거 같아 보여."
"진짜 대단하네. 두 번째에 이어 세 번째까지 금테두리 달 수
도 있겠네."
"그럴 수도 있지. 그래도 박재진 씨 덕분에 오픈 효과 좀 보고
있잖아."

수정의 말처럼 큰 효과는 아니더라도 마리아에서 잡은 목표는 벌써 달성되었다. 마리아에서 잡은 목표는 오픈 첫날 1만 다운로드였다. 적다면 적을 수도 있었지만, 광고 노출이 없다는 점을 생각하면 적절한 수치였다. 첫날 1만 다운로드 후 이용자들이 점점 늘면 일주일간 10만 다운로드를 목표로 잡았고, 광고가 나간 뒤 최종적으로는 중복 다운로드까지 합쳐 오백만 다운로드까지 목표로 잡았다.

　그때, 휴대폰을 보던 종훈이 입을 열었다.

　"반응이 꽤 좋은데. 이러다 우리가 만든 광고 나가고 나면 정말 오백만 다운로드 되겠다."
　"될 수도 있죠."
　"이러다 정말 HT 광고도 할 수 있겠는데. 박재진 씨 엄청 좋아하겠다."
　"확실하진 않아서 그 얘기는 아직 자세하게 안 했어요."

　종훈의 말처럼 광고만 제대로 효과를 본다면 바람이라고 생각하던 오백만 다운로드를 이룰 수도 있을 것 같았다. 박재진 덕분에 좋은 출발을 하게 됐다. 한겸은 휴대폰을 내려놓으려 할 때, 임 부장으로부터 전화가 걸려왔다.

　"네, 임 부장님."

―김 프로님! 제작 완료되었습니다.

"벌써요? 너무 빠른 거 아니에요?"

―빠르긴요! 당장 해야죠. 내일 마리아에 도착할 것 같습니다.
각 색상당 200켤레 준비했습니다.

"와, 그럼 거의 2,000켤레잖아요. 무리하시는 거 아니에요?"

9가지 색상의 운동화를 200켤레씩 보낸다는 말에 한겸은 약
간 놀랐다. 한겸이 알기로 마리아에서 요구한 수량은 그 반이었
다. 대략적인 판매가로 계산해 보면 1억이 넘는 금액이었다. 그
때, 임 부장이 호탕하게 웃으며 말했다.

―하하. 김 프로님이 내신 의견이라는 거 알고 회사 임직원분
들이 아주 적극적으로 찬성했습니다. 게다가 박재진 씨가 모델
이라는 말에 그것도 싸게 광고하는 거라고 하면서 다들 더 후원
하자고 하는 걸 말리느라 혼났습니다.

"하하, 진짜 잘 만들어야겠네요."

―그리고 그 박재진 씨 발에 맞는 신발은 C AD로 보내라고
하더라고요. 맞죠?

"네, 저희가 준비해서 촬영해야 되니까요. 그렇게 해주세요."

―네! 그거 확인차 감사하다는 말씀 드리려고 연락드렸습니
다. 잘 부탁드려요."

통화를 마친 한겸은 고맙기도 하면서 부담스럽기도 했다. 그
래도 자신이 벌인 일인 만큼 최선을 다해 준비해야겠다고 다짐

했다.

"그럼 이제 시나리오만 세세하게 다듬고 바로 촬영하면 되겠다."

"시나리오? 크게 다듬을 건 없을 거 같긴 한데. 계속 다듬기만 했는데 얼마나 더 다듬어. 계속 다듬다가 죽 되겠어. 그리고 촬영하면서 조율할 거 아니야. 너, 항상 촬영하면서 조율하잖아."

"그 전에 확인을 좀 해야 되니까. 세트장은 다 알아봤대?"

"응, 이럴 때 보면 사람이 많은 게 참 편해. 사무실에서 세트장 같은 거 다 알아봐 놨잖아. 여기 이 사진 배경처럼 세트장 꾸밀 거잖아. 맞지?"

범찬이 인쇄된 종이를 내밀며 말했고, 한겸은 피식 웃었다. 아직 완벽하진 않았지만, 포토샵으로 박재진을 합성한 사진이었다. 아직 색을 보지 못한 상태였기에 시나리오가 완성되었음에도 촬영을 하지 못했다. 상당히 공을 들여 많은 포즈로 합성을 했지만 색을 발견하지 못했다. 그 때문에 '기부 앤 테이크'로 정한 카피까지 배치하기가 힘들었다.

"빨리 촬영해야 돼. 시나리오도 빨리 보내줘야 되고. 박재진 씨 연기 연습한다고 빨리 보내달라고 했단 말이야."

"며칠 여유 있잖아. 그동안 조금만 다듬어보려고. 거기서 크게 달라지는 건 없으니까 일단 시나리오는 먼저 보내줘."

"오케이."

이제 남은 건 자신만 할 수 있는 일이었기에 한겸은 기지개를 켜며 인쇄된 종이를 쳐다봤다.

＊　　　　＊　　　　＊

며칠 뒤. 파주의 세트장에 누구보다 일찍 도착한 한겸은 세트 장을 이리저리 돌아다니던 중이었다.

"소파를 좀 옮겨볼까?"
"야, 뭔 소파를 또 옮겨! 벌써 세 번째거든? 이거 커서 들기도 힘들다고."
"후. 이상하게 그림이 안 사네."
"겸쓰, 너 그거 강박증이야. 내가 보기에는 좋기만 하고만."

며칠 동안 고민을 했지만, 딱히 색을 발견하지 못했다. 그렇다 고 색을 찾겠다고 잡혀 있는 일정을 미룰 수도 없었다. 이대로라 면 자신이 만든 광고 중 색이 없는 유일한 광고가 될 수도 있었 다.

세트장 가구를 배치한다고 지금 당장 색을 볼 순 없다는 걸 알고 있었다. 하지만 불안한 마음에 범찬이 강박증이라고 생각 할 만큼 하나하나 배열도 다시 해보는 중이었다. 그때, 방 PD가 촬영 팀을 이끌고 세트장으로 들어왔다.

"어? 김 프로, 최 프로. 뭐야."

"오셨어요?"

"언제 왔어?"

방 PD의 말에 범찬이 진저리가 난다는 표정으로 입을 열었다.

"저희 새벽 7시요!"

"7시면 아침 아니야? 그런데 온 지 세 시간이나 됐어? 뭐 하려고 이렇게 일찍 왔어. 촬영은 오후인데."

"그러니까요. 와서 가구 배치 다시 하고 막 그랬다니까요. 설치 기사분들이 얼마나 전문가인데 가구 배치를 왜 직접 하겠다는 건지."

범찬의 투덜거림에도 한겸은 방 PD에게 가볍게 인사를 하고선 다시 세트장을 쳐다봤다. 그러자 방 PD가 의아한 표정으로 한겸의 옆에 다가왔다.

"왜? 뭐 이상해?"

"그런 건 아닌데 방 PD님은 시나리오 보시면서 이상한 점 있으셨어요?"

"저번에도 물어보더니 또 물어보네. 난 좋던데? 보통 광고하고 다르잖아. 박재진만 연기 잘하면 재미있을 것 같기도 해."

"그런가요."

"그렇다니까. 김 프로답지 않게 왜 이렇게 불안해해."

한겸이 멋쩍게 웃었다. 자신이 불안해하는 이유는 어떤 누구도 알 수 없을 것이었다. 한겸은 숨을 크게 들이마시고는 입을 열었다.

"방 PD님, 마지막 장면부터 촬영하면 어때요?"

"마지막? 날개 패딩 입고 날개 Far free 신고 찍는 거?"

"네. 그리고 마지막 장면만 사진으로 촬영해서 따로 주세요."

"알지. 그건 다 준비했어. 음, 세트장이 똑같으니까 마지막 장면부터 촬영해도 문제는 없을 것 같네. 그럼 좀 쉬고 있어. 우리 촬영 준비해야 되니까."

방 PD는 서둘러 현장을 지휘하기 시작했고, 한겸은 여전히 팔짱을 낀 채 세트장을 쳐다봤다. 그러자 범찬이 한숨을 뱉으며 어깨에 손을 올렸다.

"겸쓰, 내가 생각해 보니까 네가 그럴 수도 있다고 생각이 든다."

"뭐가?"

"지금까지 우리가 만든 광고 전부 다 잘 만들었잖아. 그러니까 부담스럽기도 하겠지. 거기다가 파우스트랑 도니돈은 디자인까지 변경해서 후원했으니까 부담스럽겠지. 내가 장담한다. 분명히 잘될 거야."

범찬은 파우스트와 함께 도니돈이라는 저가 브랜드에서도 동
참하고 나선 걸 얘기하며 한겸을 위로했다. 한겸은 그런 범찬을
보며 피식 웃었다. 부담감을 느끼는 건 항상 똑같았다. 자신을
믿고 맡겼는데 부담감이 없을 리가 없었다. 하지만 지금은 부담
감이 아니었다. 그래도 범찬의 말이 약간의 위로가 됐는지 여유
가 생겼다.

*   *   *

박재진이 시간에 맞춰 촬영장에 도착했다. 분트 공모전 당시
에 했던 촬영과 다르게 이번에는 의상을 C AD에서 준비했기에,
박재진과 동행한 스태프들의 손이 가벼웠다. 박재진은 촬영 준
비하던 방 PD와 먼저 인사를 나누고는 곧바로 한겸에게 다가
왔다.

"김 프로님! 최 프로님도 오셨네요? 하하, 최 프로님, 오랜만입
니다."

"네, 인류를 사랑하는 대인기 스타 박재진 형님을 이렇게 또
뵙네요."

"하하, 뭘 그렇게까지 그러세요. 다 두 분 덕분인데. 그런데 김
프로님은 어디 안 좋으세요? 표정이 안 좋으신데."

"아니에요. 오늘 새벽부터 준비하느라고 저래요."

괜히 자신 때문에 촬영하는 박재진에게 피해가 갈 수도 있다는 생각에 한겸은 미소를 지으며 박재진에게 인사했다.

"연습 많이 하셨어요?"
"그럼요. 이참에 진짜로 배우로 전향할까 봐요. 중년 로맨스?"
"하하, 잘 어울리실 거 같아요."

박재진은 장난스러운 표정으로 웃더니 한겸에게 얼굴을 가까이 들이밀었다. 그러고는 손으로 입을 가리고 조용하게 속삭였다.

"그런데 세 번째 칸 어떻게 열어요?"
"하하하, 그걸 말씀드리면 안 되죠. 저희도 계약할 때 그 조항 있어서, 제가 말하면 계약위반이에요."
"아, 그래요? 아쉽네. 두 번째 칸에 금테 두르니까 욕심이 생기더라고요. 지금 막 다 동 테두리까지 나오다 보니까 막 쫓기는 기분이고 그래요. 하하."

며칠 만에 칸을 여는 조건을 알아낸 사람들이 나타났다. 금테두리 1명, 은테두리 2명, 동 테두리 10명이었고, 그 이후부터는 칸이 열릴 뿐 플리 마켓 테두리에 변화는 없었다. 마리아에서 고민 끝에 만든 결과물이 제대로 먹히고 있는 것 같았다. 그때 방 PD가 준비하라는 말을 했고, 박재진은 이따 얘기하자며 촬영 준비를 하러 사라졌다.

"겸쓰, 계약에 그런 것도 있었어?"

"그냥 그렇게 말한 거지. 크게 보면 맞을걸? 보안 유지도 계약에 들어가 있으니까."

"그놈의 보안 유지. 난 DH 때부터 그게 그렇게 마음에 안 들더라."

"여기저기 소문내서 다 칸 열어버리면 그만큼 빨리 시들잖아."

"알거든?"

범찬과 대화를 나누는 사이 준비를 마친 박재진이 촬영장에 나타났다. 박재진은 도니돈에서 보낸 날개가 그려진 하얀색 패딩과 검은색 바탕에 하얀색 날개가 새겨진 Far free를 신고 있었다. 그런 박재진이 한겸을 보며 인상을 썼다.

"아이 씨."

"왜 그러세요? 어디 불편하세요?"

"아니! 이거 제가 가져가도 된다는 거 진짜예요?"

"네, 촬영 끝나고 가져가셔도 돼요."

"아오! 이럴 줄 알았으면 내 포인트 안 썼지! 이런 건 미리 말 좀 해주시지! 저번에 미팅에서 마리아톡에서만 구매할 수 있다고 그래서 이 잠바 사버렸는데!"

한겸은 헛웃음을 뱉었다. 그러고는 이내 놀란 표정을 지었다.

"벌써 포인트를 그렇게 모으셨어요?"

한겸의 질문에 박재진과 함께 온 매니저가 조심스럽게 입을 열었다.

"하루에 택배 20개씩 보내는 거 같습니다……."
"와……."

판매를 그렇게 하는데 세 번째 칸을 열지 못한 걸 보면 구매는 하지 않는 모양이었다. 한겸은 그런 박재진을 보며 피식 웃었고, 박재진은 장난스러운 표정으로 화난 척 연기하며 세트장으로 들어갔다. 그리고 촬영이 곧바로 시작되었다. 마지막 장면부터 촬영이었기에 대사는 '기부 앤 테이크'가 전부였다. 어렵지 않을 거라고 예상했는지 박재진은 물론이고 촬영 스태프들 전부 밝은 표정이었다. 그 순간 방 PD가 사인을 보내자 박재진의 입에서 대사가 나왔다.

"기부 앤 테이크."
"어우, 좋아. 정말 좋아요. 진짜 날이 갈수록 연기가 자연스럽네. 김 프로, 어때? 몇 번만 더 촬영하면 될 것 같지?"

한겸은 대답 대신 숨을 깊이 들이마셨다. 박재진이 어울리지 않았다면 빨간색으로 보였을 것이기에 분명히 포즈 문제였다. 한겸은 들이마셨던 숨을 뱉으며 조심스럽게 입을 열었다.

"포즈를 조금 바꿔볼까요?"

"기부 때 왼손 올리고 테이크 때 오른손 올리고. 이게 처음에 정한 거 아니야?"

"네, 맞는데 촬영하면서 조금씩 바꿔봐요. 박재진 씨가 하시고 싶은 포즈 있으시면 그것도 해보고요."

같은 장면을 여러 번 촬영하는 건 흔히 있는 일이었기에 방 PD는 아무렇지도 않게 고개를 끄덕거렸다.

＊　　　＊　　　＊

촬영장의 스태프들 모두가 무척이나 불안한 표정을 지은 채 자신들끼리 속삭였다.

"이거 너무 오래 촬영하는 거 아니야?"

"내 말이. 저 정도면 보통 폭발할 텐데 박재진 씨도 보살이네."

"몇 번째지?"

"24번. 이번에 하면 25번이야."

"김 프로님도 대단해. 무슨 한 장면을 이렇게 공들여서 촬영해. 누가 보면 영화제 출품작 찍는 줄 알겠다."

스태프들의 숙덕거림에도 한겸은 개의치 않았다. 고생하는 스태프들과 박재진에게 미안하긴 했지만, 색이 보이는 게 우선이었다. 마침 박재진이 촬영을 마쳤다. 그런 박재진이 이번에는 어떠냐는 얼굴로 한겸의 얼굴을 쳐다봤고, 한겸은 고개를 저으며 입을 열었다.

"잠시 쉬었다 해요."

박재진은 무척 힘들었을 텐데도 미소를 지으며 세트장을 나왔다. 한겸은 그런 박재진에게 먼저 사과부터 했다.

"너무 힘들게 해서 죄송해요."
"아니에요. 원하는 그림이 안 나와요? 뭐가 문제지?"
"저도 잘은 모르겠어요. 제가 생각한 그림이 아니네요. 힘드시죠?"
"힘들긴요. 다 서로 좋자고 하는 건데. 광고 잘 나오면 저는 잘 나온 광고모델이 되는 거고, 다른 분들은 그런 광고 촬영한 사람이 되는 거고. 그런 거 아니겠습니까? 하하, 그리고 이런 거 익숙해요."
"저번에는 금방 끝났잖아요."
"아! 노래 부르다 보면 익숙하죠. 녹음 막 일주일씩 할 때도 있는걸요. 특히 우리 회사에 후 알죠?"
"알죠. 월드 스타잖아요."
"걔가 진짜 깐깐해서 이런 거 정말 익숙하니까, 원하는 그림 찾으세요."

박재진은 오히려 한겸을 다독거렸다. 한겸은 미안하기도 하고 고맙기도 했다. 그때, 갑자기 박재진의 매니저 용진이 다가오더니 조용하게 속닥거렸다.

　"재진 형님, 채우리 씨가 촬영장 들러도 되냐고 그러는데요."
　"우리가? 여기까지 온다고?"
　"일산에서 촬영이 있었나 봐요. 실장님하고 같이 들르신다고 그러는데요."
　"번거롭게 뭐 하러 온대."

　바로 앞에 있었기에 한겸도 대화 내용을 다 들었다. 누가 오는 건 크게 상관없었다. 그때, 옆에 있던 범찬이 큰 목소리로 입을 열었다.

　"눈물 부른 채우리요? 여신 채우리요? 오라고 하세요! 와도 괜찮죠!"
　"하하, 채우리 팬이에요?"
　"그럼요! 제가 F.I.F 얼마나 좋아한다고요."
　"진짜 와도 되려나. 방 PD님, 괜찮을까요?"

　응원차 들르는 경우가 종종 있었기에 방 PD도 허락을 했다. 그러자 박재진이 웃으며 용진에게 말했다.

"그럼 올 때 여기 스태프분들 간식거리 좀 사 오라고 그래. 우리한테 부담 주지 말고 대식이한테 말해."

"실장님이요?"

"어. 응원 온다면서 빈손으로 오면 쓰나."

"알겠습니다!"

용진은 전화기를 들고 다시 사라졌다. 그러자 범찬이 박재진의 옆으로 자리를 옮기며 말했다.

"원래 채우리 씨하고 친했어요? 저번에 스튜디오 갔을 땐 그런 말씀 없으셨잖아요."

"와… 최 프로님 좀 실망인데. 눈빛이 완전 바뀌었는데요?"

"제가요? 전 항상 형님을 우상으로 생각했는데요."

"하하하, 진짜 재미있는 분이야. F.I.F 쇼케이스도 제가 진행했거든요. 그리고 이번에 회사에서 프로젝트로 노래 내서 조금 친해진 정도예요."

"노래도 나와요?"

"신기해요? 제가 가수인 거 잊고 계신 거 같은데."

"알죠! 당연히 알죠. 형님 노래 듣고 '여름 하면 발라드지' 제가 만든 거 아닙니까! 하하."

반복 촬영으로 무거웠던 분위기가 전화 한 통으로 확 바뀌었다. 다들 채우리라는 가수를 알고 있는지 기대하는 표정이었다. 한겸은 피식 웃고는 시간을 확인했다. 시간이 많이 있는 편이 아니었기에 서두르는 게 좋을 것 같았다. 앞에서 그 모습을 보던 박재진이 한겸의 표정을 읽었는지 웃으며 일어났다.

"그럼 채우리 오면 또 잠시 쉬어야 되니까 다시 촬영해 볼까요?"
"부탁드려요."
"이번엔 손을 위로 올리지 말고 밑으로 내려서 어때요? 고개는 하늘을 보면서, 날개 달고 하늘로 올라가는 것처럼. 괜찮죠?"
"네, 괜찮을 것 같아요. 한번 해보죠."

다시 촬영이 시작되었다. 한겸은 이번에도 기대하는 표정으로 박재진을 살폈다. 노란색만 보이면 나머지는 일사천리였다. 하지만 이번에도 색이 보이지 않았다. 그 이후로도 몇 번이나 촬영이 진행되었다.

그때, 누군가가 촬영장으로 들어왔다. 들락거리는 사람이 많았기에 보통 사람 같았으면 스태프거니 했을 텐데 지금 들어오는 사람은 한눈에 봐도 연예인이었다. 옆에 있던 범찬은 곧바로 알아차렸는지 한겸의 소매를 잡고 흔들었다.

"야, 겸쓰, 겸쓰! 채우리다, 채우리야."

범찬뿐만 아니라 촬영장 스태프 모두가 채우리에게 시선이 돌아갔다. 그러자 채우리가 고개를 숙여가며 인사했다.

"아, 방해한 건가요. 죄송합니다. 죄송합니다."

"죄송혀유. 타이밍이 영 그랬네유."

채우리는 매니저로 보이는 사람과 함께 사과를 하며 안으로 들어왔다. 방 PD는 웃으며 박재진에게 신호했고, 박재진은 서둘러 채우리에게 다가갔다.

"뭐 하러 여기까지 왔어."

"선배님 응원차 왔죠. 샌드위치하고 커피 사 왔어요. 양이 많아서 조금 도와주셔야 될 거 같은데."

채우리의 말이 끝나기 무섭게 범찬이 밖으로 튀어나갔고, 뒤이어 스태프 몇 명도 따라나섰다. 그 모습을 보던 박재진은 피식 웃고선 입을 열었다.

"여기 촬영감독님이시고, 여기는 김 프로님."

"안녕하세요. 채우리입니다."

한겸은 미소를 지은 채 인사를 건넸다. 예쁘다는 표현보다는 아름답다는 표현이 어울려 보이는 사람이었다. 연예인을 많이 본 건 아니었지만, 확실히 다른 느낌이었다. 그때, 범찬이 커피를 들고 왔다.

"팬입니다."

"아, 감사해요. 먼저 드세요."

"아닙니다. 드시죠. F.I.F 데뷔 때부터 연예인 중 I.J 드레스 1호를 입으신 것까지 정말 잘 봤습니다."

"감사합니다!"

범찬의 말을 들은 한겸도 약간 놀랐다. I.J는 한겸도 잘 알고 있었다. 처음 색이 보였을 당시 확인차 광고를 찾아보던 중 놀랐던 브랜드였다. 한국에서 시작된 브랜드로, 전 세계적으로도 엄청나게 유명한 명품 브랜드였다. 게다가 거의 모든 지면광고에서 색을 봤던 곳이기도 했다. 그러다 보니 채우리가 더 대단하게 보였다.

그때, 채우리에게 말을 건 범찬이 콧구멍까지 벌렁거리며 한겸의 옆에 앉았다. 한겸이 그런 범찬을 보며 자신도 모르게 피식 웃을 때, 채우리가 박재진에게 하는 말이 들렸다.

"선배님……."

"왜?"

"알아내셨어요?"

"너, 그거 때문에 왔지?"

"아니에요……."

한겸은 채우리의 질문이 마리아톡 세 번째 칸을 여는 조건에 대한 것이란 걸 단번에 알아차렸다. 그러다 보니 피식 웃음이 나왔다. 그러자 박재진이 민망했는지 서둘러 입을 열었다.

"여기 이분이 그거 의견 내신 분이야. 비밀이래. 말하면 잡혀
가."

"잡혀가는 건 아니고요. 보안을 유지해야 돼서요."

채우리는 민망했는지 입을 다물었고, 옆에 있던 범찬은 답답
한지 주먹으로 허벅지를 때렸다. 그래도 범찬이 지킬 건 지키는
타입이었기에 걱정은 없었다. 그때, 박재진이 서둘러 입을 열었
다.

"촬영 많이 남았거든. 보다가 가. 커피 잘 마실게."

"네! 저 신경 쓰지 마시고 촬영 잘하세요."

"너무 오래 있진 말고. 다 너만 보고 있잖아."

"알겠어요!"

박재진은 한겸을 보며 웃고선 다시 세트장으로 들어갔다. 한
겸은 알아서 휴식을 끝낸 박재진이 고마웠다. 그리고 다시 촬영
이 이어졌다. 채우리가 왔다고 달라지는 건 없었다. 여전히 같은
장면을 반복해서 촬영 중이었다. 몇 번의 촬영을 더 했지만 소득
이 없자 방 PD가 심각한 표정으로 말했다.

"이거 너무 오래 촬영하는데? 이러면 스케줄에 문제 생겨."

"그런가요."

그때, 박재진이 웃으며 말을 했다.

"전 내일 쉬니까 괜찮아요. 돈 받고 하는 일인데 마음에 들게
해야죠."
"마인드가 참. 정말 괜찮겠어요? 우리야 제작비에서 깐다고 해
도."
"괜찮습니다. 김 프로님 편하게 하세요. 믿습니다."

한겸은 어색하게 웃었다. 자신이 생각하기에도 더 이상은 힘
들 것 같았다. 박재진이 아무리 좋다고 해도 정해진 것 없이 무
작정 시킬 순 없었다.

"어떻게 할래. 박재진이 너 때문에 인기 얻어서 아무 말 못 하
는 거지 다른 사람 같았으면 엎어졌을 거야."
"휴, 그렇죠. 그럼 딱 한 번만 더 촬영하고 끝내는 걸로 해요.
그건 괜찮겠죠?"
"그러자. 앞에 부분도 촬영해야 되니까 서둘러야 돼."

한겸은 색이 안 보이는 광고를 찍어야 된다는 생각에 마음이
무거웠다. 그렇다고 박재진에게 계속 무리한 요구를 할 순 없었
다. 지금까지 고생한 것만으로 충분히 고마웠다. 한겸은 스스로
를 납득시키며 박재진을 봤다. 그때, 한겸이 크게 소리쳤다.

"지금 그거! 다시 해보세요!"

한겸의 말에 다들 박재진에게로 시선이 쏠렸고, 박재진은 어색한 표정으로 입을 열었다.

"이거요? 이거 F.I.F 율동인데……."

한겸이 고개를 돌려보니 채우리가 입을 가리고 웃고 있는 게 보였다. 아마 조용히 돌아가던 중 박재진이 채우리를 놀리려고 했던 모양이었다. 아니나 다를까, 채우리 매니저가 하는 말이 들렸다.

"자꾸 댄스보고 율동이라고 놀리더니 자기가 허게 생겼네. 형님 고생하셔유. 우리 이제 가볼게유."
"보고 가면 안 돼요?"
"너, 내일 새벽에 스케줄 있어서 가야 댜."

채우리가 매니저와 함께 사라졌고, 박재진은 어색한 표정으로 한겸을 쳐다봤다. 한겸은 그런 박재진을 보며 입을 열었다.

"조금 전에 하신 거, 그거 부탁드려요."
"아… 이거 너무 간지러울 거 같은데요."
"전혀 간지러워 보이지 않았어요. 진짜 잘 어울려 보였어요."
"그런가요? 아 참… 괜히 놀려서."

박재진은 어깨를 으쓱거리더니 조금 전에 했던 포즈를 지었다. 고개를 왼쪽으로 살짝 기울인 채 양손을 겹쳐 앞으로 주욱 내밀었다. 그러고는 겹친 양손을 가슴에 가져다 대면서 고개를 오른쪽으로 기울였다.

"이거 정말 괜찮아요?"
"좋아요. 바로 촬영해 봐요."

　한겸은 이번엔 카메라 감독의 바로 옆에 자리했다. 자신이 본 게 맞는지 확인할 차례였다. 방 PD의 사인이 떨어지자 박재진은 곧바로 연기를 시작했고, 한겸은 고개를 젓더니 서둘러 입을 열었다.

"아까 채우리 씨한테 했던 것처럼 자연스럽게요."
"아까도 이렇게 했는데."
"표정 같은 거 좀 자연스럽게 해주세요. 지금 너무 딱딱해 보여요."
"알겠습니다. 잠시만요."

　박재진은 얼굴에 미소를 지어보더니 숨을 크게 들이마셨다. 그러고는 준비가 됐다는 신호를 보냈고, 곧바로 촬영이 시작되었다.

"기부 앤 테이크."

박재진은 손을 내밀 때 기부를 외쳤고, 가슴으로 모을 때 테이크를 뱉었다. 그리고 그 자세로 멈춘 채 한겸의 말을 기다렸다. 그런데 한겸은 아무런 말도 없이 박재진이 나오는 모니터를 쳐다보고만 있었다. 박재진은 역시나 싶은 마음에 입을 열었다.

"다시 할까요?"
"아! 아니요. 끝이요."
"끝이요? 그런데 표정이 아까보다 더 심각한데요? 저 괜찮으니까 이상하면 그냥 다시 해요."

한겸은 그제야 모니터에서 눈을 떼고서 고개를 들었다. 그러고는 박재진에게 말했다.

"아니요. 정말 좋아요. 이거 이대로 쓸게요."

한겸의 표정 때문인지 옆에 있던 방 PD도 의아한 표정으로 말했다.

"진짜 괜찮아?"
"네. 정말 좋아요."
"그래? 그럼 됐지. 사진 보내줘?"
"아니요. 사진 말고 지금 촬영한 거 보내주세요."

"영상? 오늘은 영상이야?"

"네. 지금 담은 거 그대로요. 지금 바로 되죠?"

방 PD가 촬영 팀에게 지시했고, 한겸에게 영상을 보내느라 잠시 촬영이 멈췄다. 그리고 잠시 뒤, 조금 전에 촬영한 영상을 받은 한겸은 노트북을 들고 구석에 자리를 잡고는 곧바로 영상을 재생시켰다.

'아직 카피도 안 적었는데 색이 다 보여.'

         *   *   *

다음 날. 회사에 출근한 한겸은 모니터를 보며 연신 한숨을 뱉고 있었다. 한겸이 저런 모습을 보이는 경우가 드물었기에 팀원들은 한겸의 모습을 신기하게 지켜봤다. 그중 아무런 정보가 없던 종훈은 무척 궁금하다는 표정으로 범찬에게 물었다.

"어제 촬영 잘 끝났다고 들었는데 왜 그래?"

"잘 끝났다고 누가 그래요?"

"수정이가 그러던데?"

그러자 수정이 고개를 갸웃거리며 말했다.

"아침에 아빠가 그러던데? 오래 걸리기는 했어도 잘 나왔다고."

"엄청 오래 걸렸지."

"그래도 잘 나왔으면 다행이지."

"영상은 잘 나왔지."

"그럼?"

범찬은 어제 촬영을 떠올리며 몸을 부르르 떨었다.

"어제 마지막 장면만 진짜 오래 촬영했거든. 앞에 부분은 금방 끝났어. 그런데 겸쓰가 갑자기 지면광고에 써야 될 게 없다고 그러는 거야."

범찬의 말에 종훈이 의아한 표정으로 입을 열었다.

"다른 곳이면 몰라도 우리는 보통 영상 마지막 장면 지면광고로 쓰잖아."

"그러니까요. 지금까지 잘 먹혔잖아요. 그런데 갑자기 저러더라고요."

"이상하네."

"그 지면광고 촬영한다고 또 엄청 오래 걸렸어요. 방수정, 방PD님 아침 같이 먹었다고 했지?"

"어."

"그거 아침에 들어가셔서 드신 걸 거다."

"그래서 엄마가 빨리 먹고 주무시라고 한 건가? 그런데 너희는 안 자고 바로 왔어?"

"지금 내 모습 봐. 어제랑 옷 똑같은 거 안 보여?"

"어제 너 못 봤으니까 모르지. 바보냐?"

"아무튼 대표님한테 보고하고 가려고 온 거야. 나도 이제 들어간다. 혹시 경찰서에서 안 일어나는 사람 아냐고 전화 오면 잘 부탁해. 겸쓰, 나 간다? 너도 그만하고 가서 자."

한겸은 그저 고개만 끄덕거리고 말았고, 종훈과 수정은 고생했다는 말과 함께 범찬을 서둘러 보냈다.

"한겸이는 안 가려나? 피곤해 보이는데."

"김한겸 원래 일중독자잖아요."

"같이하자고 해야겠다."

종훈이 한겸에게 다가가려고 할 때, 한겸이 갑자기 고개를 들었다.

"아, 도저히 모르겠네. 이것 좀 같이 봐봐요."

한겸은 노트북을 들고선 가운데 놓인 탁자로 나왔다. 그러고는 어제 촬영했던 영상 중 마지막 장면을 보여주었다.

"어때요?"

"좋은데? 나이 많은 아저씨가 귀여운 척하는 거 같긴 한데, 뭐라고 해야 할까."

"익살스러워 보여."

"어! 수정이 말처럼 익살스럽다는 느낌인데. 난 괜찮은 거 같아. 이거 때문에 고민했어? 고민하더라도 같이해야지. 우리 팀인데."

한겸은 멋쩍게 웃고선 곧바로 입을 열었다.

"먼저 제 생각이 맞는지 확인해 보려고 그랬어요. 어제 마지막 장면만 정말 많이 촬영했거든요. 제가 보기에는 이게 제일 좋아요."

"내가 보기에도 그럴 거 같은데?"

"그런데 형이나 수정이나, 이 영상에서 인쇄광고를 하려면 어떤 장면으로 할래요?"

한겸이 고민하던 이유가 바로 이것이었다. 영상에 카피를 넣지 못하는 건 비슷한 광고들을 찾아보고 납득이 되었다. 실제로 카피 없이 모델이 직접 말을 하는 경우도 상당히 많았다. 하지만 인쇄광고는 달랐다. 어떤 모습을 인쇄광고에 사용해야 할지 가늠이 잡히지 않았다.

합쳐져 있을 때는 색이 보이던 것이 한 장면만 빼놓고 보면 색이 보이지 않았다. 모델인 박재진이 노랗게 보였다면 카피를 넣어볼 텐데, 아무런 색이 보이지 않으니 카피 문제가 아니었다. 종훈과 수정도 딱히 생각나는 게 없는 듯 보였다.

"아무래도 가슴에 모으는 장면보다는 내미는 장면을 써야 하지 않을까? 이게 더 포근한 거 같은데."

"그건 주는 거고, 받는 거는요? 그렇게 되면, 저희 콘셉트가 두 가지인데 한 가지밖에 못 담잖아요."

"그렇긴 하네."

"김한겸, 그럼 아예 나눠서 하는 건 어때? 손 내미는 장면 따로, 모으는 장면 따로 해서 두 가지 콘셉트로. 지면광고만 봐도 버전 여러 가지인 거 많잖아."

"그렇긴 하지. 그런데 따로 봐야 하잖아."

"그럼 방법이 있긴 한데."

한겸은 궁금하다는 표정으로 수정을 봤다.

"저기 목동 로데오, 명품 거리로 바뀐 거 알지? 거기에 제프 우드 있거든."

"제프 우드가 거기 있어?"

"거기 I.J 생기고 나서 명품이란 명품은 전부 들어와 있어. 거기 제프 우드 간판 보면 왼쪽에서 볼 때랑 오른쪽에서 볼 때랑 다르거든."

"아, 렌티큘러 말하는 거야?"

"어. 렌티큘러로 하면 괜찮지 않을까? 방향에 따라서 보이는 게 달라지잖아."

"나도 그 생각 해봤어."

한겸은 일어나서 자리로 돌아가더니 종이 하나를 들고 돌아왔다.

"이게 우리가 할 수 있는 최선이야. 만약에 렌티큘러로 따로 제작하게 되면 제작비 예산에서 한참 벗어나. 제작비 대부분을 영상광고에 썼는데, 그러면 홍보비가 부족해. 그리고 마리아에서 원한 건 전단지잖아. 렌티큘러로 제작된 걸 전단지로 나눠주는 건 비용 낭비 같아. 그렇다고 이렇게 만들어서 나눠 줄 수도 없고."

한겸은 자신이 만들어놓은 종이를 내밀었다.

"이거 직접 만들어봤어?"
"어. 인터넷 보고 따라 만들어봤는데 종이부채처럼 이렇게 접으면 보이는 면에 따라서 다른 그림은 되더라고. 가격도 싸고. 문제는 이걸 어디에 걸고 홍보할까?"
"플랜 팀에서 이번엔 그냥 전단지처럼 인쇄광고로만 만들면 된다고 했잖아. 마리아에서 자기들이 직접 밖에 나가서 홍보한다고 들었는데. 이렇게 만들어도 괜찮을 거 같은데?"
"어. 그런데 이거 그냥 쓰레기거든. 여름이면 부채로 써도 될 텐데 이 겨울에 부채 나눠주는 건 아닌 거 같아."

그 말을 듣던 종훈이 입을 열었다.

"그럼 아예 반으로 나눠서 하면 되지 않을까?"

"그것도 해보긴 했어요. 그게 가장 좋아 보이기는 해요."

반을 나눠 두 가지 포즈를 한 장에 담아봤지만, 색은 아무런 변화도 없었다. 그때, 사무실 문이 열리며 우범이 들어왔다. 우범은 한겸을 보자 인상을 찡그리더니 입을 열었다.

"왜 안 갔어."

"인쇄광고 좀 생각하느라고요."

"음, 참 곤란하네."

"왜요? 무슨 일 있으세요?"

"네가 있는 걸 좋아해야 하는지, 말아야 하는지 걱정돼서 하는 말이다. 마리아에서 인쇄광고만이라도 일정을 조금 변경해 달라고 요청했다."

"조금 더 빨리요?"

"그래. 지금 마리아톡이 생각보다 반응이 좋다. 인쇄광고는 자신들이 직접 나눠주기로 했으니까 서두르고 싶은 모양이다. 영상이면 몰라도 지면광고니까 괜찮겠지?"

팀원들은 아무런 말도 없이 한겸을 봤다. 한겸은 한숨을 크게 뱉으며 입을 열었다.

"반응이 많이 좋나 보네요."

"그래. 박재진 씨가 며칠 동안 마리아톡에 대해서 SNS에 수시로 올리고 있다. 그 덕분에 SNS에 두 번째 칸을 열었다고 인증하는 사람들도 꽤 많아졌고."

"그런데 지면광고를 어떻게 만들어야 할지 아직 못 정했어요."

"음? 무슨 문제가 있나?"

"어제 찍은 장면 중에서 어떤 장면을 써야 할지 모르겠어요. 새로 촬영한다고 해도 괜찮은 장면이 나올 거라고 장담할 수 없고요."

우범은 무척이나 신기하단 표정으로 한겸을 봤다. 한겸이 어렵다고 하는 말은 처음 듣는 것 같았다. 한겸은 팀원들에게 했던 얘기 그대로 우범에게 말했다.

"여기 이 장면을 아예 통째로 썼으면 하거든요."

"그럼 인쇄광고가 아니게 되겠군."

"그래서 문제예요."

우범도 딱히 아이디어가 떠오르지 않았다. 자신이 도움을 줄 수 있는 것이라고는 업무적인 것밖에 없었다.

"그럼 최대한 미뤄볼 테니까 한번 생각해 봐."

"그래도 돼요?"

"마리아에서도 일정을 변경해 달라고 부탁을 한 거니까 괜찮을 거다."

"빨리 결정할게요."

우범은 자신이 있어도 도움이 안 된다는 생각에 사무실을 나섰다. 그러자 사무실에 남은 종훈이 한숨을 뱉으며 말했다.

"타이밍 한번 기가 막힌다. 예전 같았으면 우리가 먼저 일정 바꾸자고 해도 괜찮았을 텐데."

"그러게요."

"이럴 때 범찬이가 그립네. 범찬이 아무렇게나 하는 말을 한겸이가 잘 캐치하는데."

한겸은 어색하게 웃었다. 범찬은 새벽까지 촬영장에 있느라 피곤했는지 별다른 얘기가 없었다. 그때, 종훈의 말을 들은 수정이 곧바로 범찬에게 전화를 걸고는 스피커폰으로 바꾼 뒤 테이블에 내려놓았다.

"최범찬, 어디야."

—나 가고 있지. 나 걱정하는 거야? 약간 설레려고 하네.

"이상한 소리 하지 말고. 인쇄광고 얘기 알아?"

—어제부터 봤는데 알지. 그런데 아무리 나라고 해도 지금은 아무런 생각도 안 나. 지금도 잠을 못 자서 완전 정신없어.

"한겸이는 아직도 회사인데."

—사람이 다 같을 순 없잖아? 나 지금 택시 타고 있는데도 정신이 하나도 없다. 도로가 막 일어나는 거 같고 그래. 막 3D 입체 영상 보는 느낌이다. 일단 자고 생각해 보자.

"아무튼 넌 진짜."

그때, 한겸이 눈을 반짝거렸다. 곧바로 자리로 돌아가더니 종이를 들고 왔고, 그 모습을 보던 수정은 헛웃음을 뱉은 뒤 범찬에게 말했다.

"수고했어. 잘 자."

통화를 마친 수정은 곧바로 한겸에게 물었다.

"뭐 하려고?"
"아! 실험 좀 해보려고."
"무슨 실험? 범찬이 말에서 무슨 힌트 얻었어? 얻은 거라고는 아무것도 없는데."
"응. 입체라고 그랬잖아."

한겸은 가져온 종이를 반으로 접은 뒤 계속해서 펼쳤다 접었다를 반복했다. 그러자 옆에서 가만히 보던 종훈이 고개를 갸웃거리며 입을 열었다.

"입체 카드 만들려는 거야?"
"네. 될 거 같기도 한데요? 팔을 접었다 펼쳤다 하는 걸 보여줘야 하니까 안쪽에서 움직여야 할 거 같아요. 옆이나 앞부분에는 마리아톡에 대한 설명을 적어두면 될 것 같거든요. 우리 예전에 하루 GYM 전단지 만들 때도 정보 넣었잖아요."

"그렇긴 하지. 그런데 이렇게 만들면 렌티큘러까지는 아니더라도 기본 전단지보다 훨씬 비싸질 거 같은데. 구겨지면 안 되니까 종이 질부터 달라지지 않을까?"

"가격을 좀 알아봐야겠어요."

"내가 사무실 가서 알아볼게. 넌 이만 좀 들어가서 자."

"괜찮아요. 피곤하면 여기서 잠깐 눈 좀 붙이면 돼요."

한겸은 박수를 크게 치더니 말을 이었다.

"전 자세히 구상할 테니까 두 사람은 제작업체 좀 알아봐 주세요."

*   *   *

다음 날. 한겸은 사무실 직원과 함께 제작업체를 직접 방문했다. 제작할 수 있다는 곳은 여러 곳 있었다. 하지만 한겸의 요구가 너무 과했는지 대부분 업체들이 이런 형식으로 제작할 수는 없다는 말을 했다. 광고 회사와 계약하는 편이 업체들에게도 이익이다 보니 제작할 수 없는 걸 아쉬워했다. 그중 가능한 곳도 있었다. 하지만 가격이 너무 터무니없었다. 지금 들른 곳도 별반 다르지 않았다. 한겸은 다른 곳을 가기 위해 서둘러 차에 올라탔다.

"임 프로님, 다음은 어디예요?"

"여기가 끝입니다."

"어? 벌써요?"

"지금 들른 곳까지 해서 총 8곳 돌았는데요."

"아, 그럼 그중에 골라야 되나. 너무 비싸죠?"

"그렇죠. 아무래도 전단지인데 1,000장 만들 비용으로 한 장밖에 못 만드니까요. 마리아도 홍보 비용 아끼려고 전단지로 해달라는 거 같은데, 많이 못 만들면 좋아하지 않을 것 같은데요."

"그렇겠죠?"

신문이나 잡지에 올리는 게 효과적이었지만, 보는 사람이 한정되어 있었다. 물론 예산이 많다면 이곳저곳 도배를 할 수 있겠지만, 마리아의 예산은 한정적이었다. 그렇기에 인력 동원만 된다면 많은 사람들이 볼 수 있는 전단지를 택한 것이었다. 가만히 생각하던 한겸은 운전 중인 직원에게 질문했다.

"임 프로님, 전단지 크기를 좀 줄이면 가격이 싸질까요?"

"어느 정도 크기를 말씀하시는지."

"기본 전단지보다는 작게요. 반은 너무 작으려나?"

"반 접었을 때 말씀하시는 거죠? 그럼 신년 카드나 크리스마스카드 같겠는데요?"

그 말을 들은 한겸은 곧장 입을 열었다.

"임 프로님, 근처 팬시점 보이면 차 좀 세워주세요."

*   *   *

다음 날. 한겸은 기획 팀이 아닌 사무실에 자리를 한 채 사무실 직원들과 대화를 나누었다.

"가격이 확실히 차이가 나는데요?"

"그렇죠?"

"여기 '아기자기'라는 회사는 가능하다면서 직접 미팅하고 싶다고 하네요."

"가격은요?"

"원래 입체 카드를 만드는 곳이라서 그런지 어제 전단지 업체에서 말한 거 반의반도 안 된다네요. 여기만 그런 게 아니라 다른 곳도 마찬가지래요. 제작 수량이 많으니까 더 싸게도 된다고 그러는데요."

"크기는요?"

"네, 김 프로님이 말씀하신 대로 스마트폰 모양으로 가능하대요. 요즘은 그렇게 많이 한다고들 하더라고요."

전문적으로 입체 카드만 만드는 곳들이어서인지 가격이 훨씬 저렴했다. 일반 전단지보다는 비쌌지만 이 정도면 해볼 만하다는 판단이었다.

"확인을 해야 되는데 제가 가서 제작하는 거 볼 수 있는지 좀 알아봐 주세요."

"네! 다른 곳들도 그렇게 할까요?"

"네, 많이 확인해야 되니까요."

"언제로 잡을까요?"

"오늘 된다고 하면 바로 가요. 임 프로님, 오늘도 좀 부탁드려요."

임 프로가 고개를 끄덕거리자 한겸은 웃으며 말을 이었다.

"그럼 지금처럼 해주시고 전 나머지 확인해서 올게요."

한겸은 급한 마음에 한 번에 두세 칸씩 계단을 올랐다. 그러고는 기획 팀 사무실 문을 열고선 곧장 입을 열었다.

"디자인은!"

"다 했어. 할 게 뭐 있어. 박재진 사진으로 다 할 건데."

"겉에도 다 했어?"

"어, 겉은 마리아톡 화면 그대로고, 안은 박재진 사진이고. 뒷면은 사용 설명서처럼 마리아톡 소개 적었고."

한겸은 팀원들이 준비한 자료를 천천히 읽어봤다. 그러고는 만족한 표정으로 입을 열었다.

"좋다. 잘했네."

"그런데 이렇게 된대?"

"어, 샘플 만들어준다고 하더라고. 만들고 괜찮으면 그거 들고 마리아에 말해야지."

"뭐 마리아는 좋아라 할 거 같은데? 대부분 전단지 받아서 버리기 바쁜데, 이렇게 만들 수만 있으면 한 번이라도 더 볼 거 아니야. 그런데 카피는?"

"일단 샘플 받아보고 수정하려고."

그때, 한겸의 휴대폰에 메시지가 도착했다. 그 메시지를 본 한겸은 웃으며 입을 열었다.

"카드 업체하고 미팅 잡혔대. 지금 바로 가야겠다. 이따가 라온 스튜디오에서 BGM 보낼 거야."

"아까 전화 왔어. 그거 들고서 제작해 달라고 의뢰하면 되잖아. 맞지?"

"응, 그렇게 해줘. 나 간다."

한겸은 자신이 생각한 대로 전단지가 제작이 될까 궁금한 마음에 서둘러 사무실을 나섰다.

*　　　　　*　　　　　*

한겸은 부평에 위치한 '아기자기'라는 카드 제작 업체에 도착했다. 사무실과 제작하는 곳이 함께 있을 정도로 작은 업체였다. 이제 곧 연말이 얼마 남지 않았기에 카드를 제작하느라 바쁠 텐데 신기하게도 기계들이 멈춰 있었다. 그때, 후덕해 보이는 남자가 다가왔다.

"어디서 오셨어요?"
"아까 전화드린 C AD에서 왔습니다."
"아! 그렇군요. 들어오세요. 제가 아까 전화받은 사람입니다."
"이 대표님이셨군요."

아직 둘러봐야 할 곳이 많았기에 한겸은 서둘러 급하게 입을 열었다.

"죄송한데 저희가 시간이 많지 않아요. 샘플 제작이 어떻게 되는지 바로 볼 수 있을까요?"
"그러시군요. 제작을 하더라도 순서가 있는 법이니까요. 앉아 계시면 제가 담당자 불러올게요."

아기자기 대표는 곧바로 사무실로 들어갔다. 사무실에는 단 두 명이 자리하고 있었고, 대표는 그중 젊은 여성을 데리고 나왔다.

"여기는 저희 회사 디자이너입니다. 실력이 대단해요."
"그러시군요. 잘 부탁드립니다."

회사의 디자이너라는 소개를 듣고 한겸은 곧바로 설명을 했다. 한참이나 설명이 이뤄졌고, 그 설명을 들은 디자이너는 고개를 끄덕거렸다.

"그럼 재질은 스노우지에 100g 정도 쓰면 적당하겠네요. 이미 디자인도 다 해 오셔서 어렵지 않을 것 같고요."

"그래요? 팔이 이렇게 움직일 수 있을까요?"

"네, 그 정도는 가능해 보여요. 몸통은 고정하고 연결을 팔꿈치에 달면 짝 폈을 때는 모이고 살짝 접었을 때는 펼쳐지게 될 거 같은데요. 사진 준비해 오셨어요?"

"네!"

"그럼 언제까지 해드리면 돼요?"

"어? 지금 바로 안 될까요?"

"지금요?"

 디자이너는 사장을 쳐다봤고, 사장은 민망한 웃음을 보이며 입을 열었다.

"해드려. 오 실장 잘하잖아."

 한겸은 자신도 모르게 피식 웃었다. 사장은 제작하는 수량이 수량인 만큼 놓치기 싫어서 일단 가능하다고 뱉은 것 같았다. 한겸도 샘플 제작을 바로 해달라는 게 어려운 걸 알고 있었기에 사무실 직원들에게 확인을 해달라고 한 것이었다. 디자이너가 모르고 있는 모습에, 한겸은 실례라고 생각하고는 직접 부탁을 했다.

"바쁘실 텐데 부탁드려요."
"원래 샘플 제작해도 바로는 안 되는데… 알겠어요. 준비해 오신 거 주세요."

한겸은 신난 표정으로 준비한 USB를 건넸다. 한겸의 정중한 부탁 때문인지 디자이너는 친절하게 설명을 해주며 작업을 했다.

"어? 박재진이네."
"저희 모델이거든요."
"아, 그렇구나. 어? 이거 겉표지 마리아톡인데?"
"아세요?"
"이거 마리아톡 전단지예요? 모델은 박재진이고요?"
"네, 박재진 씨가 모델이에요."

디자이너가 마리아톡에 대해 알고 있는 모습에 한겸은 미소를 지으며 대답했다. 그러자 옆에 있던 아기자기 사장이 큰 목소리로 입을 열었다.

"이 실장, 이분들 분트 광고 만든 회사 분들이셔."

"아, 그래서 박재진하고 계속 같이하는구나."

"그러니까 잘 해드려."

디자이너는 고개를 끄덕거리더니 곧바로 작업을 시작했다.

"여기 박재진 사진을 조금 늘려놔야 해요. 그래야지 접었을 때 제대로 보이거든요. 약간만 늘리는 거라 큰 차이는 없을 거예요. 그리고 이렇게 하려면 인쇄를 두 번은 해야겠는데요. 비용 추가되겠어요."

"왜 두 번을 해야 할까요?"

"팔 접었을 때 종이처럼 보이면 안 되잖아요."

"아, 그렇구나."

디자이너는 프로그램을 한참이나 만지더니 자리에서 일어났다. 그러고는 밖으로 나가서 기계를 만지더니 카드를 들고 들어왔다.

"다 됐어요. 샘플이니까 감안하고 보세요."

한겸은 겉표지부터 살폈다. 팀원들이 만든 대로 마리아톡의 메인 화면이었고, 테두리까지 검은색으로 되어 있어 스마트폰처럼 보였다.

"제대로 만들었네."

"그럼요. 이게 제 일인데요."

"아, 그렇군요."

겉표지부터 색이 보이는 모습에 한겹은 자신도 모르게 혼잣말을 하며 팀원들을 칭찬했고, 그 혼잣말을 들은 디자이너가 자부심이 가득한 표정으로 대답했다. 한겹은 어색하게 웃으며 마저 카드를 살피기 위해 접힌 부분을 펼쳤다.

"어?"

카드를 펼친 한겹이 눈만 껌뻑거리고 아무런 말도 없자 디자이너가 조심스럽게 말했다.

"선생님이 말씀하신 대로 제작한 건데 어디 이상한가요?"

"아니요. 맞아요."

한겹은 펼쳤다 접었다를 반복했다. 카드 안에서 팔을 접었다 펼치는 박재진이 노랗게 보였다. 한겹은 카드를 보며 씨익 웃었다.

'카피 위치만 정하면 되겠다.'

한겹은 미소 지은 채 계속해서 카드 안의 박재진을 움직였다. 고개까지 움직이는 모습에 한겹은 무척이나 만족스러웠다. 그 모습을 본 아기자기 사장은 디자이너를 보며 엄지를 치켜세웠고, 디자이너가 피식 웃더니 입을 열었다.

"그런데 마리아톡 세 번째 칸은 어떻게 여는 거예요?"
"하하, 그건 저희도 잘 몰라요."

디자이너의 질문에 한겸은 소리 내서 웃었다. 지금도 이 정도로 인기를 끌고 있는데 광고가 나갔을 때는 얼마나 인기를 끌지 궁금했다. 지금 전단지에서 색이 보였으니 분명히 효과가 있을 것이었다. 한겸은 미소가 가득한 얼굴로 전단지 뒷면까지 확인을 했다.

'카피 위치만 보이면 전부 다 색이 보이겠네.'

남은 건 자신이 카피를 디자인해 위치를 정하는 것이었다. 한겸은 무척이나 만족해하며 사장에게 말했다.

"그럼 돌아가서 검토해 보고 다시 연락드릴게요. 3,000만 원으로 수량을 얼마나 맞출 수 있을지 견적 좀 부탁드립니다."
"예! 물론이죠! 최대한 맞춰 드리겠습니다! 걱정 마시고 만족하실 만큼 잡아서 보내 드리겠습니다. 저희가 예전에 웨딩 카드 만들 때부터 품질 좋고 싼 가격으로 유명했습니다."

한겸은 웃으며 고개를 끄덕거리고는 곧바로 아기자기를 나왔다. 그러자 함께 온 임 프로가 입을 열었다.

"처음 방문한 곳에서 만족하셔서 다행이네요. 어떻게, 회사로 돌아갈까요?"
"아니요. 다른 곳도 가야죠. 다른 곳에선 다른 점이 있나 봐야 되니까요."

한겸은 다른 회사에서는 어떻게 제작할지 궁금해하며 카드를 만지작거렸다.

*   *   *

며칠 뒤. 한겸은 아기자기로부터 최종 샘플을 받았다. 여러 곳을 알아봤지만, 가격이나 디자인이나 가장 만족스러운 곳이었다.

"이거 진짜 잘 나왔는데? 전단지로 돌리기에는 뭔가 아깝다."
"그래?"
"그렇다니까. 이거 몇 장이나 된대?"
"3,000만 원 예산에 50만 장."
"이야, 생각보다 많네. 그럼 이따가 권 대표님이 수락하면 이거로 만들겠네."

한겸은 웃으며 고개를 끄덕거렸다. 박재진이 노랗게 보인 이상

카피를 적는 건 시간만 있으면 가능했다. 그리고 한겸은 고생 끝에 카피의 위치를 정했다. 카드 왼쪽 빈 공간에 기부를 적었고, 오른쪽에 Take를 적었다. 생각보다 어렵지 않게 색을 찾을 수 있었다.

그때, 한겸의 휴대폰에 아기자기 대표로부터 전화가 걸려왔다.

—선생님, 샘플 도착했죠?
"네, 잘 받았습니다."
—어떻게 마음에 드시는지.
"정말 좋더라고요. 감사합니다."
—잘 좀 부탁드립니다.
"신경 써주신 덕분에 잘될 거 같아요. 제가 다시 연락드릴게요."

한겸이 통화를 마치자 옆에 있던 종훈이 입을 열었다.

"아기자기 대표야?"
"네, 부담스럽게 너무 잘해주네요."
"내가 찾아보니까 청첩장 위주로 제작하는 곳 같던데. 결혼하는 사람이 줄어들어서 회사가 안 되나?"
"그럴 수도 있고요. 아무튼 잘 만들어져서 다행이네요. 아, 그런데 세 번째 칸 연 사람 있어요?"
"아직 없어. 10번 구매에 10번 판매면 지금쯤 나올 만한 거 같은데 아직 구매를 안 하나? 그건 아닌 거 같은데 말이야. 다운로드는 10만 넘었더라고."

"박재진 씨는요?"

"지금 계속 팔기만 해. 옷들 파니까 엄청 잘 팔리나 본데. 사람들이 세 번째 칸 어떻게 여냐고 계속 질문하는데 광고모델인 자기한테도 안 알려준다고 오히려 하소연하더라."

한겸은 박재진을 떠올리며 피식 웃었다. 판매 조건은 차고 넘쳤지만, 구매 조건이 부족했다. 아마 지금처럼 계속한다면 세 번째 칸 주인공은 다른 사람이 될 것이었다. 대화를 듣던 수정이 입을 열었다.

"이제 두 번째 칸 여는 조건은 다 퍼질 대로 퍼졌더라고."

"응, 오히려 잘됐지. 다들 친구 추가하고 초대하고 그럴 텐데."

"라온 이강유 PD님도 대놓고는 아니지만 넌지시 물어보더라."

"하하, 진짜 마리아톡 하게 되면 다들 궁금해하는구나."

"안 하면 몰라도 하면 한번 하면 궁금해하더라고. BGM은 내일 보내준대."

"어, 잘됐다. 내일부터 영상광고 신경 쓰면 되겠다. 방 PD님 편집은?"

"이미 다 했지. 아빠가 옆에 붙어서 지적해야 되는데 그거 안 한다고, 너 무슨 일 있냐고 그러더라. 그래서 지금 인쇄광고 때문에 바쁘다고 내가 대신 얘기했어."

한겸은 웃으며 고개를 끄덕였다. 가장 걱정이던 인쇄광고물이 순조롭게 끝났다 보니 마음이 편안해졌다. 그때, 사무실 문이 열리며 우범과 마리아 권 대표가 들어왔다. 간단하게 인사를 나눈 한겸은 곧바로 샘플로 받은 전단지를 내밀었다.

"이게 저희가 준비한 전단지예요. 보통 전단지보다 수량은 10% 정도밖에 안 되지만, 오히려 효과는 더 확실할 것 같습니다."

"당연히 믿죠. 저희 직원들이 칸 여는 거 의견 내주신 분 스카우트하자고 지금 난리도 아닙니다. 다 C AD가 하는 말은 진리라고 생각하고 있습니다, 하하."

옆에 있던 범찬은 고개를 치켜세우며 어깨를 으쓱거렸고, 한겸은 못 본 척하고선 입을 열었다.

"그래도 확인하셔야죠."

권 대표는 미소를 짓더니 전단지 샘플을 집어 들었다.

*　　　　*　　　　*

며칠 뒤. 마리아 권 대표는 직접 전단지를 배포하기 위해 회사 동료들과 함께 강남역으로 나왔다. 다른 지역은 이미 전단지 배포 대행업체에 맡긴 상태였지만, 직접 나와 사람들에게 설명을 하고 반응을 보고 싶었다. 마리아 설립을 함께한 동료들과 패딩까지 맞춰 입었지만 전단지 돌리는 일을 처음 하다 보니 영 어색했다.

"이럴 줄 알았으면 전도지 돌리자고 할 때 찬성할 걸 그랬어."
"그냥 눈 딱 감고서 얼굴에 철판 깔고 해요."
"휴, 그래야지! 우리 4명이니까 2호선 출구 2명에 신분당선 2명으로 나눠서 가자. 누가 여기 자리해서 물어보는 사람들한테 설명할래? 전단지 모자랄 때 가져다주는 것도 해야 하니까, 힘 센 경준이가 할래?"
"그냥 형이 해요. 형이 설명 가장 잘하잖아요."
"그럴까? 그럼 알았어. 일단 흩어지기 전에 파이팅부터 하자!"

권 대표는 우선 2호선 강남역 앞에서부터 시작했다. 일부러 사람들이 여유 있는 주말을 잡았는데 사람이 많아도 너무 많다 보니 약간 떨리기까지 했다. 권 대표는 간이 부스까지 설치한 뒤 숨을 들이마시고는 동료들과 눈을 맞추며 시작하자는 신호를 보냈다.

"안녕하세요! 마리아톡입니다!"

다짜고짜 큰 목소리로 인사를 하자 지나가는 사람들이 힐끔 쳐다봤다. 하지만 강남역에서 흔히 볼 수 있는 일이었기에 금세 시선을 돌렸다. 그래도 큰 소리를 낸 덕분인지 민망함은 사라졌다. 권 대표는 아직 물어보는 사람이 없었기에 직접 전단지를 들고 지나가는 사람들에게 내밀었다.

"마리아톡입니다."
"괜찮아요."

괜찮다는 말을 하는 사람은 그나마 양호한 편이었다. 아예 주머니에서 손을 빼지도 않는 사람도 있었고, 귀찮다는 듯 얼굴을 찌푸리는 사람들도 있었다. 그중 가장 마음을 아프게 만든 건 받은 뒤 곧바로 땅바닥에 버리는 사람이었다. 길거리에서 흔히 봤던 광경인데 직접 겪게 되자 마음이 쓰려왔다. 건너편에서 전단지를 나눠 주고 있는 동료들도 자신과 별반 다르지 않았다.

"핫팩이라도 좀 나눠 주면서 할 걸 그랬나?"

동료들이 준비를 하자고 했지만, 자신이 반대했다. 전단지를 처음 봤을 땐 전단지만으로도 충분할 것만 같았다. 이미 10만 다운로드가 넘어갔기에 자신 있었다. 물론 타 메신저 같은 경우는 억이 넘어갔지만, 10만도 적은 수는 아니었다. 그런데 막상 부딪쳐 보니 전단지 말고 사람들이 좋아할 만한 걸 준비하는 편이 좋았을 것 같았다. 10만 다운로드가 정말 맞는 건지 의심까지 들었다.

한참 뒤, 권 대표는 박스에 남아 있는 전단지를 쳐다봤다. 한 시간 정도 나눠 준 것 같은데 좀처럼 양이 줄지 않았다. 지금이라도 다른 걸 준비해야 하는 건가 생각할 때, 휴대폰이 울렸다.

"네, 김 프로님."

─전단지 나눠 주고 계세요?

"그럼요. 그런데 제가 나눠 주는 스킬이 없어서 그런지 조금 어렵네요."

─그런 것도 스킬이 있어요?

"농담이죠, 하하. 그런데 걱정돼서 전화하신 건가요?"

─아니요. 저희도 반응 좀 보려고 강남역 가고 있거든요. 가서 조금 도와드릴게요.

"네? 괜찮습니다! 날도 쌀쌀한데 왜 고생하시려고요."

─저희가 만든 거라 확인하고 싶어서 그래요. 오래는 아니고 잠깐만 도와드릴게요.

통화를 마친 권 대표는 휴대폰을 보며 기분 좋은 웃음을 보였다. 도움을 준다는 말보다 자신들이 맡은 일을 끝까지 책임지려 하는 모습이 기분을 좋게 만들었다. 한겸의 말을 들어서인지 든든한 마음까지 느껴졌다. 권 대표는 심기일전하여 조금 더 적극적으로 전단지를 나눠 주기 시작했다.

잠시 뒤, 한창 사람들에게 전단지를 나눠 줄 때 한겸과 범찬이 지하철 계단으로 올라왔다. 권 대표는 반가운 마음에 웃으며 손을 흔들었다. 그러자 두 사람도 사람들을 피해 권 대표 쪽으로 다가왔다.

"많이 돌리셨어요?"
"열심히 돌렸는데 줄어들지가 않네요."
"어휴, 너무 많이 가져오신 거 같은데요. 그런데 혼자 돌리고
계셨어요?"
"저기 우리 회사 직원들하고 같이 돌리고 있었죠."

한겸은 권 대표가 가리키는 쪽을 봤다. 그러자 권 대표와 같
은 옷을 입고 있는 사람들이 가볍게 고개를 숙여 인사했고, 한
겸도 웃으며 인사를 건넸다. 그러고는 전단지를 담아놓은 박스
를 보며 말했다.

"아무리 봐도 너무 많이 가져오신 거 같아요. 이 정도 다 돌리
려면 밤새워서 돌려야겠어요."
"김 프로님도 전단지 돌려보신 적 있으세요?"
"전단지는 아니고요. 인형 탈 쓰고 따라다녀 본 적은 있어요."

방학 때마다 집에 가만히 있는 걸 못 보는 아버지 덕에 경험
해 본 일이었다. 한겸은 피식 웃고선 옆에 있던 범찬에게도 고갯
짓으로 상자를 가리켰다.

"이걸 왜 안 가져가는 거야. 진짜 잘 만든 건데."

종훈과 수정은 BGM 작업을 하고 있는 상태였기에 범찬과 함께 왔다. 사람 대하는 방법을 잘 아는 범찬이라면 누구보다 잘 나눠 줄 것 같다는 이유도 있었다. 아니나 다를까, 범찬은 전단지를 나눠 주고 있는 마리아 직원을 쳐다보더니 입술을 삐죽거렸다.

"저러니까 안 받지. 이제 조금 있으면 전단지 나눠 주러 오는 사람 많아질 텐데 그럼 더 안 받을 거고. 전단지를 나눠 줄 땐 임팩트가 있어야죠!"

"이상한 짓은 하지 말고."

"걱정하지 마! 원래 다 이렇게 하는 거야! 첫 타깃은 뭐니 뭐니 해도 학생들이지!"

범찬은 자신만만한 표정으로 박스에서 전단지를 한 움큼 꺼내 들더니 패딩 주머니에 넣었다. 한겸은 범찬이 무엇을 할지 기대하며 지켜봤고, 권 대표 역시 기대되는 표정으로 지켜봤다. 그때, 교복을 입은 학생들에게 다가간 범찬이 전단지를 내밀며 입을 열었다.

"기부! 마리아톡입니다."

범찬은 카드 안 박재진의 행동을 흉내 내며 양손을 모아 전단지를 내밀었고, 상대방이 받자 가슴으로 손을 모았다. 그러고는 또다시 입을 열었다.

"앤 테이크! 받아주셔서 감동받았습니다!"

그러자 전단지를 받은 학생들은 마구 웃더니 전단지를 펼쳤다. 그러자 범찬이 미소가 가득한 얼굴로 박재진의 행동을 흉내 냈고, 학생들은 좋아하며 웃었다. 학생들이 전단지를 펼쳤다 접었다 하며 재미있어하자 지나가는 사람까지 힐끔거리며 쳐다봤다. 범찬은 그런 사람들까지 놓치지 않고, 똑같은 자세로 그 사람들에게도 양손을 모아 카드를 내밀었다. 그 모습을 본 한겸은 재미있다는 듯 웃었고, 권 대표는 무척이나 심각한 표정이었다.

"저도… 저렇게 해야겠죠?"
"저렇게 해서 효과가 있으면 하시는 게 좋죠. 원래 최 프로가 저런 거 잘하거든요. 저기 저분들은 물어보려고 하는 거 같네요."

한 시간 동안 마리아톡에 대해 궁금해하는 사람이 없었는데 범찬이 나눠 주자마자 곧바로 생겼다. 권 대표는 고맙기도 했지만, 자신이 열정적이지 못했다는 생각에 어색한 미소를 지었다. 그 모습을 본 한겸이 웃으며 입을 열었다.

"대표님, 설명하셔야죠."

권 대표는 심기일전하여 주먹을 불끈 쥐고는 다가오는 학생들에게 미소를 지으며 맞이했다. 그러고는 투자 유치를 위해서 했던 프레젠테이션 때보다 더욱 자세하게 설명을 했다. 그때, 옆에 있던 한겸이 웃으며 입을 열었다.

"자신들이 가지고 있는 물건을 플리 마켓에 올려서 판매할 수가 있어요. 그 판매는 기부금으로 들어가고요. 팔거나 사면 포인트가 쌓이거든요? 그럼 그 포인트로 한정판 같은 걸 구매할 수도 있고요."

"아, 그렇구나."

"지금 보시는 페이지가 저희 모델인 박재진 씨의 계정이에요. 지금도 판매하고 있죠?"

한겸이 설명을 하자 학생들이 흥미롭다는 반응을 보였다. 학생들은 그 자리에서 다운로드까지 받고는 돌아갔다. 학생들이 돌아가자 한겸이 웃으며 말했다.

"그렇게 자세하게 설명하셔도 잘 못 알아들어요. 대표님이 말씀하시는 거 저도 못 알아듣겠는데요. 웬만하면 간단하면서 알아들을 수 있도록 쉽게 설명해 주세요."

"아… 의욕이 너무 넘쳤나 봅니다. 어떻게 저보다 잘 설명하시는 걸 보니 민망하네요."

"그게 제가 하는 일이잖아요. 광고는 쉽고 간단하면서 뇌리에 박히게. 저기 또 오네요. 그럼 대표님이 설명하세요. 저는 전단지 돌리러 가볼게요."

권 대표는 알았다는 듯이 고개를 끄덕거렸다. 그러고는 한겸이 했던 설명을 떠올리며 최대한 쉽게 설명을 했다. 그렇게 사람들에게 설명을 하다 보니 시간이 얼마나 지났는지 가늠도 되지 않았다. 그래도 전혀 힘들지 않았다. 부스를 찾은 사람들 중에서 마리아톡에 대해 알고 있는 사람도 나타났고, 그 사람들은 하나같이 칸을 여는 조건에 대해 질문했다. 대답을 해줄 순 없었지만, 그 질문이 굉장히 큰 힘이 되었다.

부스를 찾는 사람이 계속해서 늘어나 정신없이 설명하고 있을 때, 옆에 다가온 동료가 첫 박스를 뜯는 게 보였다.

"벌써 다 나눠 줬어?"
"그럼요. 저기 봐요."

동료가 가리키는 곳을 보자 한겸과 범찬은 물론이고 동료까지 한 줄로 서서 박재진의 포즈를 흉내 내고 있었다. 마치 선거 운동을 할 때나 볼 수 있는 그런 모습이었다.

"저도 가서 해야 돼요. 수고하세요."

전단지를 가지러 왔던 동료까지 대열에 합류하더니 네 사람이 동시에 말을 했다.

"기부 앤 테이크! 마리아톡입니다!"

* * *

며칠 뒤. 사무실에 자리한 한겸은 모니터를 보며 피식거렸다.
그 모습을 본 범찬도 피식 웃더니 말했다.

"좋냐?"
"재미있잖아."
"이걸 확 초상권 침해로 고소해 버려?"
"얼굴도 안 나왔잖아. 덕분에 도움도 됐고."
"도대체 언제 찍은 거지? 이 정도면 완전 몰카 아니냐?"

강남역에서 전단지를 나눠 주는 동영상이 인터넷에 올라왔다.
짧은 영상 속에는 권 대표까지 합세해 다섯 사람이 같은 포즈를
취하며 전단지를 나눠 주는 모습이 담겨 있었다. 커뮤니티가 많
다 보니 여기저기서 퍼 간 덕분에 많은 곳에 퍼진 상태였다. 대
부분의 게시글에 마리아톡에 대한 내용은 없었다. 그저 극한 직
업이라는 제목과 전단지 돌리는 것도 기술이 필요하다는 내용
들이 전부였다. 그럼에도 분명히 도움이 되고 있었다.
그 영상을 본 사람들 중 일부가 SNS에 자신들이 받은 전단지
를 올려놓았다. 자신들의 SNS 관리를 위해서, 또는 사람들의 궁
금증을 풀어주려 올린 것이지만 마리아에 도움이 된 것은 분명
했다.

"이것도 잠깐이야. 그렇게 웃기지도 않잖아."

"뭐? 잠깐? 너, 몇 년 전 짤도 도는 거 몰라?"

"얼굴도 안 나왔잖아. 그래도 네 덕분에 전단지 반응 꽤 좋아."

"어우, 그날 괜히 오버해서. 팔을 얼마나 접었다 폈는지 아직까지 알 배겨 있어."

"알이 오래가는 만큼 다운로드 수가 늘어난다고 생각해."

"말은 참. 그런데 수정이랑 종훈이 형은 왜 안 와? Do It에서 아까 출발했다고 했는데."

그때 마침 수정과 종훈이 사무실로 들어왔다. 그런데 수정의 표정이 좋지 않았다. 한겸은 고개를 갸웃거리며 수정에게 조심스럽게 물었다.

"완성본 잘 안 나왔어?"

"아니, 잘 나왔어. 내가 직접 들고 왔으니까 확인해 봐."

"그런데 왜 그래?"

"아니야. 나 사무실에 보고하러 다녀올게."

한겸은 고개를 갸웃거렸다. 강유의 조언 덕분에 BGM도 제대로 완성했다. 처음에 받은 BGM이 어울리지 않아 중간중간 빨간색이 보였기에 다시 제작하긴 했지만, 한겸이 확인했을 때는 분명히 아무런 문제 없이 회색이었다. 마지막 장면에는 박재진의

목소리만 들어가서 음악도 필요가 없었기에 문제 될 것이 아무
것도 없었다. 그때, 함께 갔던 종훈이 입을 열었다.

"수정이가 열심히 하려고 해서 그래."
"그래요?"
"어, 너였으면 어떻게 했을까 하는 거 같더라고. 그래서인지 방
PD님한테 계속 조금씩 바꿔보자고 요구했고. 그러다가 둘이 싸
웠어. 나만 가운데 껴서 얼마나 난감했다고. 아, 방 PD님이 그러
더라. 다음에는 꼭 네가 직접 오라고."

한겸은 어색하게 웃었다. 자신도 제대로 설명할 수 없는 걸 수
정이 알 리가 없었다.

"영상은 잘 나왔죠?"
"직접 봐. 저번에 확인할 때하고 크게 차이 없어."

한겸은 고개를 끄덕이고는 곧바로 최종 광고 영상을 재생했
다.

＊　　　　＊　　　　＊

며칠 뒤. 처음 광고 기획 당시 플랜 팀에서 계획한 대로, 마
리아톡의 광고를 공격적으로 편성했다. Y튜브에서는 거의 모
든 영상 앞부분에 마리아톡의 광고가 나왔고, 그 외 다른 플

랫폼에서도 비슷했다. 광고를 보던 한겸은 만족한 듯한 표정을 지었다. 그때, 옆에 있던 종훈이 신기하다는 표정으로 입을 열었다.

"초콜릿만 빼고 완전 마리아톡으로 도배했네."

"아무래도 초콜릿은 경쟁업체니까요."

"아직 HT에 합병된 것도 아니잖아. 벌써 다 알고 있나?"

"아니까 거절하지 않았을까요? 저희가 요구한 거 거의 다 거절했더라고요. 그래도 파이온은 광고 받아줘서 다행이죠."

"어? 그럼 우리 나중에 문제 생기는 거 아니야? 우리 광고 게재 안 해주는 거 아니야?"

"그렇진 않죠. 이번 일만 거절한 거예요. 자기들도 광고 한 건한 건이 전부 돈인데요."

"그럼 다행이고. 다운로드 수는 많이 늘었을까?"

그때, 자리에 있던 수정이 고개를 돌리며 말했다.

"광고 나가기 전에 최종 50만 넘은 거 확인했어요. 그다음 수치는 아직 확인 안 돼요. 마리아에서는 알고 있을걸요?"

한겸은 웃으며 입을 열었다.

"오늘부터 광고 나갔으니까 이제 슬슬 효과가 나타나겠죠. 박재진 씨 SNS 보면 사람들 좋아하더라고요. SNS에 광고 영상까지 올려뒀고요."

"그래? 진짜 내가 광고주면 박재진 씨만 모델로 쓸 거 같아. 자기가 모델 했다고 완전 홍보 열심히 하잖아."

"홍보라기보다는 정보를 공유하는 거죠. 그래도 박재진 씨 덕분에 효과가 있는 건 사실이에요."

한겸은 피식 웃었다. 박재진의 SNS는 지금 난리도 아니었다. 박재진이 이미 자신이 광고모델이라고 말을 한 상태였지만, 뒤늦게 광고를 보고 온 사람은 박재진에게만 특혜를 준 것이 아니냐는 말까지 나오고 있었다. 하지만 그것도 잠깐이었다. 박재진이 아닌 일반인이 첫 번째로 세 번째 칸 조건을 달성했고, 금테두리를 얻게 되었다. 그 유저는 그것을 박재진의 SNS에까지 자랑해 놓았다.

—이게 바로 세 번째 칸 1빠로 열면 주는 금테인가영?

박재진은 얼마나 급했는지 곧바로 그 글 밑에 답글을 달아놓았을 뿐만 아니라, 댓글을 단 사람에게 먼저 친구 요청까지 했다. 그 사람은 자랑스럽게 박재진이 보낸 메시지를 자신의 SNS에 올렸고, 지금은 그게 퍼지는 중이었다.

—어떻게 여는 건가요? 정말 별의별 짓 다 해봤는데 도저히 모르겠네요.
#마리아톡 #금테 #박재진도 모르는 조건

그러다 보니 사람들은 박재진도 모른다고 생각할 수밖에 없었다. 박재진은 아무런 정보도 얻지 못했는지 SNS에 은테는 자신이 차지하겠다고 다짐하는 사진까지 올렸다. 그 덕분에 박재진의 SNS에는 온통 마리아톡에 대한 얘기뿐이었다. 한겸이 박재진을 떠올리며 피식 웃을 때, 사무실 문이 열리고 우범이 들어왔다.

"오늘 하루만 10만 다운로드가 늘었다는 연락을 받았다."
"와, 잘됐네요."
"그래. 그래도 아직 다른 메신저들과 비교하기는 힘든 수치지. 그래도 벌써 HT에서 미팅을 신청했다고 하더군."
"조건 달성되면 합병하기로 되어 있던 거 아니에요?"
"그렇지. 그 조건이 달성될 것 같으니 신청했겠지."

한겸은 고개를 끄덕거렸다. 만약 자신이 마리아톡 대표였다면 끝까지 직접 운영을 했을 텐데 권 대표와 마리아의 생각은 그렇지 않았다. 보다 많은 사람들이 사용하여 더 많은 사람들에게 도움이 돌아가길 바라는 마음에 만든 것이다. 어느 정도 성공한 지금 마음이 바뀔 만도 할 텐데 그래 보이지는 않았다.

"우리는 마리아에서 무슨 말이 있을 때까지 하던 대로 광고하면 된다."
"네, 그거 말씀하시려고 오신 거예요?"

"아니다. 다음 주에 한국 광고 대상 시상식 있어서 그거 준비 하라고 온 거다."

"저희도 가요?"

"상 받으려면 가야지."

그 말에 팀원들의 시선이 모두 우범에게 쏠렸다. 그러자 우범이 피식 웃더니 입을 열었다.

"영상광고 부분에서 박순정 김치가 은상, 분트가 금상을 타게 됐다. 인쇄광고 부문에서도 나 프로가 만든 장애인복지협회가 은상, 항아리가 동상을 타게 됐고. 아쉽지만 동영상 부분 백승기 군 영상은 심사에서 떨어졌다."

박순정 김치의 광고는 아직도 C AD에서 관리를 하고 있었고, 여전히 어린아이들에게 인기를 끌었다. 분트 역시 1년을 계약했기에 지금도 맡고 있는 회사였다. 상을 타게 된다면 두 곳 모두에게 제대로 만들었다는 것을 객관적으로 보여줄 수 있을 터였고, 그렇다면 계약 연장이 될 수도 있었다. 안정적이다 보니 회사 입장에서는 좋은 소식이었다.

우범의 말을 들은 팀원들은 다들 기뻐했다.

"와! 우리 네 개나 타요? 한겸아, 우리 네 개나 탄대!"

"그래, 출품한 것 중에 동영상만 떨어졌으니까 너희들 넷이 돌아가면서 받으면 될 것 같다. 세 시간 정도 진행된다고 하니 너희들만 다녀와라."

"저희들만요?"

"그래, 태워다는 주마."

"아니에요. 알아서 갈게요."

한겸의 말을 들은 종훈이 자신이 차를 가져오겠다고 했다. 그때, 범찬이 고개를 갸웃거리며 입을 열었다.

"그런데 대상은 하나도 없네요."

"이것도 대단한 거다. C AD 이름으로 내세울 게 생긴 거니까 대상 못 탔다고 너무 실망하지 말도록."

팀원들에게 용기를 북돋아주고 사무실을 나가려던 우범이 잠시 걸음을 멈췄다. 그러고는 고개만 살짝 돌리고선 입을 열었다.

"분마 광고를 출품했다면 아마 분마가 대상이었을 것 같다는 게 협회 의견이었다."

"아! 맞다! 기간이 안 맞아서 못 냈었지! 아까비!"

팀원들은 아쉬워하면서도 뿌듯해했다. 그 모습을 본 우범은 피식 웃고는 사무실을 나갔다. 그러자 기다렸다는 듯이 범찬이 주먹을 내밀었다.

"다들 뭐 해? 갈러야지."

"뭘 갈러?"

"상 받는 거! 갈러야지! 난 1등 하면 무조건 금상 타러 간다."

팀원들은 어이가 없다는 듯 보면서도 마지못해 주먹을 내밀었다.

"너 아까 얼굴 팔려서 싫다고 하지 않았어?"

"그건 자랑스러운 게 아니잖아. 엄연히 다르지! 빨리 갈러!"

"난 됐어. 남은 거 받을게. 셋이 나눠. 그보다 마리아톡 미팅 잘했겠지?"

"어우, 넌 진짜! 사람 김빠지게 하는 데 일가견 있어. 마리아야 우리한테 얻은 게 있으니까 알아서 잘하겠지. 기브 앤 테이크!"

범찬의 말을 들은 한겸은 피식 웃었다.

*　　　　*　　　　*

며칠 뒤. 공격적으로 광고를 편성한 덕분에 효과가 나타나기 시작했다. 마지막에 나오는 박재진의 모습이 중년 애교라는 이름으로 돌아다니기 시작했다. 보통 리뷰 광고라면 대부분이 건너뛰기를 누르게 마련이었지만, 박재진의 마지막 모습과 광고를 드라마처럼 구상한 덕분에 끝까지 보는 사람이 상당히 많왔다.

마리아 권 대표는 가장 직접적으로 광고 효과를 느끼고 있었다. 광고를 보낸 뒤 며칠 만에 다운로드 수가 500만이 넘어갔다. 순식간에 사용자가 10배 넘게 늘어났다. 그 덕분에 HT에서 미팅을 요청했고, 지금도 HT에서 온 관계자들과 함께 자리하고 있는 중이었다.

"이거 아주 선이 예쁘네요. 사용자 유입 수가 대단해요."
"그렇습니까?"
"네, 정말 좋아요. 그래도 문제가 되는 부분이 조금 보이기는 하는데, 이 정도는 괜찮습니다."

사용자가 늘어나서 좋았지만 그만큼 문제점도 많이 생길 수밖에 없었다. 준비를 철저히 해서 고객 센터까지 운영하고 있었지만, 사용자들의 불만을 처리하기에는 턱없이 부족했다.

불만도 별의별 불만이 다 있었다. 다운로드가 안 된다는 불만은 기본이었고, 가장 심각한 것은 판매자에게 사기를 당했는데 어떻게 해야 하냐는 문의였다. 얻을 것도 없는데 사기를 치는 걸 이해할 수 없었지만, 생각보다 그런 일이 많았다. 약관에 불량 이용자를 제재하겠다고 명시를 해뒀음에도 그런 사람들이 나타났고, 마리아 측에서는 피해를 입은 사람에게 우선 환불을 해줘야 했다. 그리고 사기를 친 판매자를 불량 이용자로 등록한 뒤 마리아가 고소하는 방법을 택했다. 한두 건이면 그냥 넘길 수 있었지만, 자신들의 재미를 위해서 남들에게 피해를 주는 걸 그냥 넘길 수 없다는 판단이었다.

그래도 나쁜 일만 있는 건 아니었다. 사용자가 늘어나다 보니 후원을 한다는 곳이 늘어났다. 그중에는 예전에 방문했을 때 거절했던 곳도 있었다. 하나같이 디자인을 변경하겠다는 말을 했다. 기업 입장에서는 얼마나 효과가 있는지 직접 보았으니 그럴 수밖에 없었다.

파우스트의 Far free는 이미 거의 모든 색상이 품절이 되어가고 있었고, 도니돈에서는 후원 물품을 더 보내겠다는 말을 전했다. 말로만 듣던 SNS의 위력을 이번 일로 크게 느끼고 있었다. 자료를 보는 H텔레콤 관계자들도 그 부분을 보며 입을 열었다.

"이게 그 신발이군요."

"네, 디자인 변경 요구를 가장 처음으로 수락해 준 회사입니다."

"참, 우리도 이런 걸 좀 했어야 했는데. 마리아에서 제품 설명을 제대로 해준 덕분에 파우스트가 지금 착한 기업이라고 그러면서 판매량 올라간 거 아시죠?"

"네, 압니다."

"도니돈도 이번 겨울에 저 패딩만 계속 찍어내고 있죠. 그만큼 효과가 좋다는 거예요. 성공하게 되면 주변부터 시작되는 거거든요. 지금도 후원하겠다는 회사 엄청 많죠?"

"저희가 감당하기 힘들 만큼 많이 옵니다."

"아무래도 그렇겠죠. 그게 다 SNS 덕분이죠."

물건을 받은 사람들이 자신의 SNS에 인증을 했고, 그걸 본 사람들이 또 마리아톡에 유입되었다. 사람들이 반응을 보이는 모든 요소가 전부 C AD로부터 나온 것이었다. 광고, 박재진, 칸을 여는 조건이며 디자인을 변경한 후원 물품까지. 만약 C AD가 아니었다면 이렇게 성공할 수 있었을까 의문이 들 정도였다.

오늘 미팅을 하기로 한 H텔레콤 사람들도 그 부분을 높게 보며 수익을 얻을 수 있을 거라고 판단했다.

"수수료만으로 수익을 얻는 건 한계가 있거든요. 해결할 수 있는 곳이 여러 곳 보여서 다행이네요."

"플리 마켓에 변화 없는 건 맞는 건가요?"

"그렇죠? 그 부분에 대해서 조금 변경할 수는 있어도 크게 바뀌진 않을 것 같군요. 이미 너무 제대로 만들어놔서 칸 여는 걸 건드리는 건 부정적인 의견이 많았어요. 아마 수익을 얻는 첫 번째는 기업들에게 광고료를 받는 게 되겠고요. 일단 해외에서는 현지화할 필요도 없이 한국에서 했던 것처럼 시작하면 될 것 같네요."

"그렇군요. 저희가 계속 관리를 하는 건 맞겠지요?"

"그럼요. 이렇게 잘해주셨는데 이걸 다른 부서에서 관리하기는 좀 그렇죠? 저희도 준비를 하는 편이 좋을 것 같습니다. 한 달 정도 기간을 두고 함께하는 것으로 하죠."

H텔레콤에서 수익을 얻기 위해서 약간의 변경을 한다는 건 권 대표도 이해했다. 아무래도 기업이다 보니 수익을 창출하는 건 당연한 일이었다.

"아! 그리고 광고 말입니다."

"지금 나오는 광고요? 기부 앤 테이크?"

"네, 그 광고. 저희가 H텔레콤과 합쳐지게 되면 광고를 새로 찍게 되는 겁니까?"

"지금 광고를 유지해야 할지, 새로운 광고를 내보내야 할지 그 부분에 대해서는 저희도 고려 중입니다."

"그렇군요. 그럼 해외에서는 어떻게 되는지."

"전체적인 건 마리아에서 관리한다고 해도 해외에 이 포맷 그대로 출시를 한다면 그건 해외 지사에서 관리하겠죠? 그럼 해외에 맞는 광고 회사를 찾겠죠."

권 대표는 웃으며 고개를 끄덕거렸다.

"C AD라고 아시나요?"

"들어보긴 한 거 같은데요. 아, 마리아 광고 회사가 C AD죠?"

"분트 광고 찍은 회사요. 한국 분마, 스페인 분마."

"아! 압니다. 거기가 분마 광고를 찍은 곳이었군요. 알죠. 광고 기가 막히죠."

"광고를 하게 된다면 C AD에 맡기는 건 어떨까 합니다. 스페인에서도 경험이 있고요. 모델인 박재진 씨도 해외에서 인지도

가 좋으니까 괜찮을 것 같습니다."

"일단 고려해 보죠. 아무튼 그 얘기는 천천히 하고요. 정말 고생 많으셨어요. 앞으로 관리만 잘해주시면 될 것 같습니다."

확답을 듣지는 못했지만, 말을 꺼내보긴 했다. C AD의 도움으로 성공을 할 수 있었기에 자신도 그에 맞는 보답을 해야 했다.

제5장

광고 대상 시상식 I

    그로부터 며칠 후, 한겸은 마리아톡 광고에 대한 반응을 살피던 중이었다. 광고를 이미 게재한 상태였지만, 혹시 문제가 생길 수 있었기에 당분간은 광고에 대해 신경을 써야 했다. 매번 그렇듯이 보면 볼수록 아쉬웠다.

    '너무 길어서 그런가. 마지막 장면 말고는 큰 반응이 없네.'

    앞부분에 대한 사람들의 반응은 무난했다. 지적을 하지도, 잘 만들었다고 칭찬하지도 않았다. 그저 마지막 부분에 나온 박재진의 몸짓에만 반응을 보였다. 다른 부분을 다 떼고 '기부 앤 테이크'를 말하는 부분만 가져다 쓰는 게 나을 것 같았다.

"겸쓰, 왜 그러고 있어?"

"그냥 앞부분에 대한 반응이 너무 없어서."

"반응을 보일 게 뭐가 있어."

"박재진 씨 연기에 대해서나 전체적인 구상에 대해서나 한마디쯤 나올 것 같은데 아무런 말도 없어서."

"그런 게 뭐가 필요해."

"그걸 확인하는 게 우리 일이잖아. 지금 뒷부분만으로도 광고할 수 있을 거 같아서 그래."

"뭘 모르네. 앞부분에서 받쳐주니까 뒷부분이 빛을 보는 거지. 마치 나처럼."

"네가 뭐?"

"내가 대충 말하면 그걸 네가 다듬어서 빛을 보게 하잖아. 아니야? 아니라고 하면 양심 없고."

한겸은 피식 웃었다. 범찬의 말처럼 앞 영상이 뒷부분을 위한 전제라는 건 한겸도 알고 있었다. 하지만 반응이 너무 없자 신경이 쓰일 수밖에 없었다. 광고 전체에 색이 보이도록 만들기는 어렵겠지만, 중간중간 색이 보이는 부분을 집어넣었으면 어땠을까 하는 생각도 들었다.

그와 동시에 윤선진의 광고가 궁금해졌다. 연말부터 광고를 게재할 예정이었기에 아직 확인할 수는 없었지만, 그 광고가 나왔을 때 사람들의 반응이 궁금해졌다. 한겸이 또다시 광고에 대해 생각 중일 때, 모니터를 보던 수정이 고개를 돌리며 말했다.

"기사 떴어."

"응?"

"H텔레콤에서 투자해서 마리아가 개발되었다는 거랑, 다음 달부터 H텔레콤에서 직접 서비스한다고 나왔어."

한겸도 이미 들은 내용이었다. 예상보다 빠르기는 했지만, 지금 마리아의 인기를 보면 HT에서도 서두를 수밖에 없었다. 그때, 종훈이 모니터를 가리키며 말했다.

"마리아톡 진짜 오래갈 거 같아. 지금 연예인들한테 인기 대박이야."

"또 누가 올렸어요?"

"어, 웬만한 연예인은 전부 올리는데? 국민 오디션에서 나온 그룹 있잖아. 걔네들도 막 개인 마리아톡 페이지 보여주면서, 플리 마켓에서 뭐 판다고 글도 올리고 그래. 지금 얘는 자기가 메던 가방 파는데 1초 만에 팔리더라."

한겸이 광고에 대해 생각하도록 만든 부분이 바로 여기에 있었다. 마리아톡에서는 판매로 얻은 금액으로 기부를 하다 보니, 연예인들도 좋은 이미지를 얻기 위해 적극적으로 동참했다. 게다가 팬들과 소통을 하며 친근하게 다가갈 수 있었다.

그런 장점들이 박재진으로 하여금 확인되니 상당히 많은 연예인들이 자신들의 SNS에 마리아톡에 대한 글을 올리기 시작했다. 그러자 그 연예인들의 팬들이 저절로 유입되었고, 젊은 층에서는 계속해서 마리아톡에 대한 얘기가 나오고 있었다. 그러다 보니 마리아톡에 대해 모르던 사람도 알게 되면서 사용자가 점점 늘고 있었다.

광고를 통해 이용자가 는 것도 사실이지만, 연예인들이 글을 올린 뒤부터 확인이 불가능할 정도로 신규 가입자가 늘었다. 확실한 건 연예인들이 광고를 보고 글을 올린 것은 아니었다. 현장을 방문했던 F.I.F의 채우리를 제외하고 다른 연예인들은 광고에 대해선 한마디도 없었다.

그래도 그 덕분에, 후원을 해준 기업들은 지금 마리아와 더불어 동반 상승 중이었다. 연예인들 중 포인트를 많이 모은 사람이 자신이 받은 물품을 인증했다. 지금 종훈이 보고 있는 페이지만 해도 포인트로 날개 달린 Far free를 구매한 인증 글이 올라와 있었다.

"포인트를 얼마나 모은 거야."
"형은 뭘 모르네. 쟤네가 쓰던 칫솔도 1초면 팔릴걸요?"

덕분에 디자인 변경을 한 파우스트와 도니돈은 굉장한 인기를 얻고 있었다. 그로 인해 파우스트에서 고맙다는 전화를 몇 번이나 받았는지 세기도 어려웠다. 그때, 옆에 있던 범찬이 손가락을 튕기며 입을 열었다.

"우리 다음번에는 아예 연예인 백 명으로 광고하자. 막 A급 대배우들부터 아이돌까지 다 끌어모으는 거야!"

"그럼 예산은?"

"모델료는 어차피 광고주가 주는 거잖아. 백 명 추천해. 겸쓰, 너라면 할 수 있어. 그럼 발로 만들어도 성공이다."

범찬의 장난스러운 말에 한겸은 피식 웃었다. 마리아가 성공했다고 좋게만 생각할 수 있었지만, 아무래도 광고 회사이다 보니 자신이 만든 광고를 돌아보는 건 어쩔 수 없었다. 한겸은 잡다한 생각을 털어내려 기지개를 켜고선 입을 열었다.

"처음 마리아 버전으로 광고했으면 망했겠다."

"당연하지. 다 내 덕이야. 그 덕분에 성공한 거니까 광고 조금 반응 없다고 예민하게 그러지 마. 지금 마리아에서 우리한테 절해도 모자랄 판이다."

범찬의 말에 수정이 고개를 저으며 대화에 끼어들었다.

"최범찬은 겸손을 몰라."

"겸손이 아니라 사실이지. 권 대표님이 그랬지? 오른손이 한 일을 왼손이 모르게 하라는 건, 자신의 마음에서 우러나와서 하라는 거라고 했잖아. 난 그것도 아니라고 봐. 그래서 오른손이 한 일을 왼손으로 자랑하려고."

그 말을 들은 수정은 고개를 저었고, 종훈과 한겸은 소리 내서 웃었다. 그때, 사무실 문이 열리며 사무실 직원이 들어왔다.

"좋은 일 있으세요? 하하."

"임 프로님, 들어오세요."

"마리아도 잘돼서 그런지 저희 사무실 분위기도 엄청 좋은데, 기획 팀은 더 좋네요."

한겸은 피식 웃었다. 범찬 덕분에 웃은 것이지 광고 때문에 웃은 것은 아니었다.

"무슨 말씀하시려고 오신 거예요?"

"네, 이거 저희가 준비한 제안서예요."

"제안서요?"

"네, 이번에 광고 대상에서 상 타잖아요. 박순정 김치는 저희가 지금도 맡고 있으니까 광고 영상에 짧게나마 상 받은 작품이라고 알리자는 내용입니다. 분트는 광고 버전이 달라서 제외했고요."

"그래요? 어렵지 않을 거 같아요."

"그리고 이건 항아리인데 여기는 단발로 계약해서 저희가 관리하는 게 아니거든요. 그래도 그 광고로 상을 타게 됐으니까 그걸 명시해서 다시 배포하는 거죠. 저희가 알아보니까 항아리에서 아직도 그 포스터 사용하고 있었습니다."

"그래요?"

"네, 저희야 최대한 이익을 얻어야 하니까. 새롭게 디자인하실 필요도 없고요."

"광고가 상을 받은 만큼 제품에도 믿음이 생길 거니까 항아리에도 도움이 되겠네요. 그렇게 하죠."

임 프로는 고개를 끄덕이고선 말을 이었다.

"업무는 여기까지고요. 대표님이 광고 대상 당일 입을 옷 있으신지 여쭤보라고 했습니다."

"있죠. 그냥 정장 입고 가면 되는 거 아니에요?"

"네. 대표님이 트레이닝복 입고 오실 분 있을 거 같다고 그러시면서 꼭 확인하라고 하셔서요."

그러자 범찬이 인상을 찌푸리며 입을 열었다.

"임 프로님 이상하시네! 왜 날 봐요!"

"하하, 그냥 본 거죠. 아무튼 정장까지는 아니더라도 최대한 깔끔하게 준비하라고 하셨습니다. 아무래도 C AD 얼굴이시니까요."

한겸은 피식 웃고선 고개를 끄덕거렸다.

*   *   *

시상식 당일. 한겸과 팀원들은 시상식 장소인 동양호텔에 자리했다. 예전 분트 공모전 때 시상식에 참가해 보긴 했지만, 이번 시상식은 규모부터 달랐다.

"어우, 떨린다."
"상 받는다고 옷까지 샀잖아."
"그냥 산 거지. 상 받는 건 몇 팀 되지도 않는데 기자들은 왜 저렇게 많아."
"어차피 인터뷰도 안 잡혀 있는데 신경 꺼."

범찬만 긴장한 게 아니라 종훈과 수정 역시 얼어 있었다. 한겸이 그런 팀원들을 보며 피식 웃을 때, 익숙한 얼굴이 옆에 다가왔다. 분트 광고 OT에서 봤던 동양기획의 AE였다.

"안녕하세요."
"네, 이렇게 또 뵙네요. 이번에 분트 광고로 상 타시죠?"
"네, 그렇게 됐어요."
"잘됐네요. 그래야지 저희가 분트 광고 떨어진 게 덜 억울하죠. C AD에서 만든 광고들 인상 깊게 보고 있습니다. 이번에 마리아도, 저희는 전혀 정보도 없었는데 깜짝 놀랐어요."
"감사합니다."
"좋은 정보 있으면 서로 돕고 하죠. 같은 바닥에서 일하는 동료 아닙니까, 하하."

이번 시상식에서 동양기획의 영상광고도 상을 타기는 했다. 박순정 김치에까지 밀려 동상을 수상할 예정이었다. 그럼에도 먼저 다가와 인사를 할 만큼 여유가 있는 모습이었고, 그럴 만했다. 영상광고를 제외한 모든 부분의 대상 자리에 동양기획이 자리하고 있었다. 간단하게 인사를 나눈 뒤 동양기획의 AE가 사라지자 옆에 있던 수정도 비슷한 느낌을 받은 모양이었다.

"1등 기획이라서 그런지 여유가 넘치네. 우리도 동양기획처럼 기획 팀 많으면 여기 상 우리가 다 쓸었을 거 같은데."

"하하, 그냥 축하한다고 하는 건데 왜 그렇게 민감해. 그만큼 자신들 실력에 자신 있어서 저런 거겠지. 난 저 여유가 부럽기만 하네."

"그냥 우리는 긴장해서 다 주꾸미처럼 있는데 여유로워 보이니까 기분 나쁘잖아."

"그러니까 긴장 풀고 있어. 그리고 내가 만나본 동양기획 사람들은 좀 정직하고 좋은 사람 같더라고."

"하긴 예전에 우리 카피 몰래 안 쓰고 사 간 사람들이니까. 그런데 저 사람들은 진짜 기분 나빠."

수정은 고갯짓으로 앞자리에 앉은 사람들을 가리켰다. 한겸도 얼굴은 처음 보지만 어떤 회사인지는 알고 있었다. 이번 영상광고에서 대상을 받는 TX기획의 사람들이었다. 수정이 TX를 어떻게 생각하고 있는지 잘 알고 있는 한겸이기에 조심스럽게 물었다.

"왜? 무슨 일 있었어?"

"계속 힐끔거리면서 지들끼리 속닥속닥거리잖아."

종훈이 손으로 입을 가리더니 수정의 말에 덧보탰다.

"완전 거만해. 아까도 내려가면서 우리 주욱 훑으면서 가더라."
"그랬어요?"
"어, 다른 회사들하고는 인사도 안 하더라고. 기자들하고만 인사하더라."
"그냥 언론 좋아하는 회사인가 보죠. 그냥 그러려니 하고 넘겨요."

한겸에게도 TX기획은 DH은행의 일로 받은 전화부터 분트 광고 때 박재진에게 접근했던 것까지 좋은 이미지는 아니었다. 그때 앞자리에 있던 TX기획 사람이 고개를 돌렸고, 한겸과 눈이 마주쳤다. 이미지는 좋지 않았지만, 동양기획의 AE가 했던 말처럼 같은 업계에서 일하는 동료라는 생각에 가볍게 고개를 숙여 인사했다. 그러자 TX기획 사람도 피식 웃더니 고개를 가볍게 끄덕거리고 다시 앞을 봤다. 그러자 그 모습을 본 수정이 인상을 찡그리며 입을 열었다.

"봤어? 봤지? 인사를 할 거면 그냥 하지 왜 비웃는 것처럼 웃으면서 인사하냐고."
"내버려 둬. 인상이 그럴 수도 있지."

회사의 규모부터 차이가 나는데 TX기획에서 왜 저렇게 자신들을 신경 쓰는지 알 수는 없었지만 한겸도 확실히 이상함을 느꼈다. 왜 그런지 이유를 알 수도 없었고, 지금은 상을 받는 좋은 자리였기에 괜한 일에 신경 쓰고 싶지 않았다. 한겸은 TX에 대한 생각을 접고 팀원들을 다독거렸다.

"우리는 상이나 잘 받자. 지금처럼 긴장하면 상 받으러 못 올라가겠는데? 내가 받을까?"

"무슨 소리! 넌 내가 금상 받을 때 사진이나 잘 찍어!"

"맞아. 너 그 카메라 아빠한테 빌려 온 거니까 잘 찍어."

"난 내가 만든 광고로 상 받을게."

집에 자랑을 하고 왔는지 다들 수상에 대한 욕심을 부렸다. 자신만 해도 부모님께 자랑을 한 상태였다. 그때, 누군가가 뒤에서 한겸의 어깨를 툭 쳤다. 한겸이 깜짝 놀라며 고개를 돌려보니 익숙한 얼굴이 보였다.

"박재진 씨?"

"하하, 상 받는다면서요? 축하해요."

마리아톡에서 판매하는 날개가 그려진 하얀색 패딩을 입은 박재진이 환하게 웃고 있었다. 그러자 팀원들도 무척이나 반가워하며 박재진을 맞이했다.

"형님! 어쩐 일이세요?"

"어쩐 일은요. 일하러 왔지. 저 가수잖아요, 가수! 오늘 축하 공연에서 제가 노래하거든요. 그냥 갈까 하다가 인사하러 왔어요. 상 잘 받아요."

"벌써 가시게요?"

"가야죠. 저기 기자들이 여기만 찍고 있잖아요. 제가 C AD 덕분에 요즘 인기가 장난 아니거든요. 박 스타라고 불러주세요."

박재진의 말처럼 시상식에 있는 기자들이 전부 이쪽을 보고 있었다.

『눈으로 보는 광고 천재』 6권에 계속…